LOS NÁUFRAGOS
DE LAS AUCKLAND

© 2017, Jus, Libreros y Editores S. A. de C. V.
Donceles 66, Centro Histórico
C. P. 06010, Ciudad de México

Los náufragos de las Auckland

ISBN: 978-607-9409-71-5

Primera edición: abril de 2017

Diseño de interiores y composición: Sergi Gòdia

LOS EDITORES AGRADECEN AL
CAPITÁN LORENZO MOLINA SU AYUDA
EN LA REVISIÓN DE LOS TÉRMINOS NÁUTICOS
QUE FIGURAN EN ESTE LIBRO.

FRANÇOIS ÉDOUARD RAYNAL

LOS NÁUFRAGOS
DE LAS AUCKLAND

TRADUCCIÓN DEL FRANCÉS
DE PERE GIL

PRÓLOGO

Tienes, ¡oh lector!, un libro magnífico entre las manos. Algunos libros informan, otros instruyen, los buenos deleitan y los mejores acompañan. Éste puedes, si quieres, leerlo de un tirón: no te aburrirás ni un momento, pero más tarde no dejarás de sacarlo de vez en cuando de su estante para pasar un rato en compañía de su autor, cuya personalidad, mezcla de inteligencia, modestia y bondad, impregna toda la obra y convierte lo que podría ser un ameno relato de aventuras en una reflexión sobre el hombre y la sociedad, reflexión tan necesaria en estos tiempos.

François Édouard Raynal nació en Moissac, una pequeña población del suroeste francés, en 1830. Hijo de una familia acomodada, la ruina financiera de su padre lo obligó a interrumpir sus estudios y desde aquel momento se propuso reunir una fortuna que le permitiera devolver una vida digna a su familia. Se embarcó como marinero a los diecinueve años, dirigió durante dos una plantación de azúcar en la isla Mauricio y once más fue buscador de oro en Australia, pero no alcanzó su meta. Cuando, desanimado, se disponía a emprender el regreso a Francia, un amigo le ofreció dirigir una expedición a la isla Campbell, al sur de Nueva Zelanda, en busca de minas de estaño. Aceptó el encargo y en 1863 partió en la goleta *Grafton* con el capitán Musgrave al mando y una tripulación de tres hombres: un marinero noruego, otro inglés y un cocinero portugués. La exploración resultó infructuosa y en otoño decidieron volver a Nueva Zelanda. A medio camino, 465 kilómetros al sur de su destino, una tempestad arrojó la goleta al fondo de un fiordo en la isla Auckland, la mayor del archipiélago homónimo. Ocurrió en enero de 1864, y los cinco hombres pasarían allí los veinte meses siguientes.

La isla no puede ser más inhóspita: a 50° de latitud sur (aproximadamente la misma que la de las Malvinas), rodeada de un mar tempestuoso y con un clima subantártico, tiene un relieve muy accidentado, dominado por una cordillera que la recorre de norte a sur con elevaciones rocosas de más de seiscientos metros. Además, está cubierta de una vegetación impenetrable que hace muy difícil la exploración. Prueba de ello es que los veinticinco supervivientes de otro navío, el *Invercauld*, que naufragó en el extremo norte de la isla cuatro meses después del *Grafton*, nunca llegaron a encontrarse con sus compañeros de desdichas. La tundra es un medio ferozmente hostil: prácticamente no existen especies vegetales aptas para el sustento y los leones marinos (atraídos precisamente por unas condiciones naturales que ahuyentan a los posibles depredadores) son casi el único alimento disponible; de hecho, sus idas y venidas determinan los períodos de abundancia y escasez para los náufragos. Los del *Grafton* empezaron por organizar su supervivencia: construyeron una sólida cabaña preparada para resistir las rugientes tempestades de la zona, algo que los supervivientes del *Invercauld* no supieron hacer. Gracias a la experiencia adquirida en sus aventuras anteriores, Raynal fue capaz de fabricar un cemento con conchas de molusco molidas; logró curtir, cortar y coser pieles de foca para sustituir la ropa y el calzado originales de sus compañeros; construyó una forja que le permitió fabricar herramientas, clavos y argollas con los que reparar y aparejar el bote salvavidas del *Grafton* para que pudiera resistir un viaje de varios días por aquellos mares.[1]

Porque, transcurridos unos meses, los náufragos se resignaron a lo inevitable: nadie iría voluntariamente a aquella isla,

---

[1] En su prólogo a la reedición francesa de esta obra, Simon Leys confirma que un par de botas de piel de foca hechas por Raynal se conservan en la biblioteca del Estado de Victoria, Australia (v. «Preface», en F. E. Raynal, *Les naufragés des Auckland*, La Table Ronde, 2011, p. 11 n.)

así que tendrían que salir de ella por sus propios medios. Después de grandes dificultades lograron adecuar el bote salvavidas del *Grafton* y en julio de 1865 se embarcaron en él tres de los cinco compañeros (no cabían más), dejando al marinero noruego y al cocinero portugués a la espera de rescate. Tras una penosa travesía llegaron al extremo sur de Nueva Zelanda. Dos días más tarde, el propio capitán Musgrave se puso al mando de una pequeña embarcación, la única disponible en la zona, para volver a la isla Auckland y a las cinco semanas estaban todos reunidos en Nueva Zelanda. Raynal regresó a Francia en 1867 y allí se encontró por fin con sus padres, que aún vivían. Después trabajó como funcionario de la administración tributaria en Valence-d'Agen, donde murió en 1895, a los sesenta y cinco años.

Los naufragios ocupan un lugar nada despreciable en la literatura: reales o ficticios, son magníficos como punto de partida de una trama. *Robinson Crusoe* se inspiraba en la aventura, perfectamente histórica, de Alexander Selkirk, del mismo modo que el relato de Raynal sirvió de inspiración a Julio Verne para *La isla misteriosa*; en cambio, los naufragios de *Los viajes de Gulliver* o *El señor de las moscas* son imaginarios. Pero todos tienen un elemento en común: describen el comportamiento de un individuo o de un grupo humano en circunstancias extremas. En el primer caso, el tema es la lucha del hombre contra su destino; en el segundo, la organización de la convivencia. Así ocurre en el relato de Raynal, donde observamos a una pequeña comunidad obligada a mantenerse en condiciones inhumanas. La manera como los náufragos afrontan ese desafío nos desvela las líneas maestras de lo que debe ser una sociedad sana en cualquier punto del tiempo y del espacio. El naufragio rompe el andamiaje de las relaciones sociales, un andamiaje imprescindible cuya ausencia abre el camino de la destrucción. Para hacernos cargo de la magnitud de la hazaña de Raynal, nada mejor que compararla con otros dos relatos, uno histórico, el naufragio del *Batavia*, y otro novelesco, el de *El señor de las moscas* de Golding.[2]

El *Batavia*, buque insignia de la Compañía Holandesa de las Indias Orientales, zarpó de Holanda en 1629 con destino a las islas de las especias, llevando trescientas personas a bordo. Una tempestad arrojó el buque contra unos arrecifes de coral frente a la costa occidental de Australia. Pasaron tres meses hasta la llegada de una expedición de rescate, y durante ese tiempo los náufragos cayeron bajo el hechizo de Jeronimus Cornelisz, un psicópata huido de Holanda por temor a ser perseguido como miembro de una secta satánica. Bajo sus órdenes, un puñado de asesinos impusieron el terror liquidando a quienes intentaron oponerse a su voluntad. Cuando llegó la expedición de rescate, casi dos tercios de los supervivientes habían sido ejecutados. La novela de Golding es más conocida: en una isla desierta aparece, sin que se sepa muy bien cómo, un grupo de niños y adolescentes. Uno de ellos, Ralph, se proclama a sí mismo jefe y se pone al frente de sus compañeros. No tarda en surgir un rival, Jack, y la lucha por el poder envenena la convivencia y divide al grupo. La voz del sentido común (encarnada por uno de los niños, Piggy) es sacrificada en el conflicto; los dos cabecillas van sucumbiendo a sus peores instintos, y cuando los náufragos son rescatados se han convertido en algo peor que salvajes.

Ambas historias muestran la destrucción de una sociedad; la de Raynal, en cambio, nos enseña cómo podemos evitarla. ¿Qué podemos aprender de ese contraste? Lo primero, que cualquier colectivo humano necesita una autoridad y un pro-

---

[2] El relato más detallado hasta la fecha del naufragio del *Batavia* es el libro de Michael Dash, *Batavia's Graveyard* (Londres, Phoenix, 2002); un buen resumen puede encontrarse en *Los náufragos del «Batavia»* de Simon Leys (Barcelona, Acantilado, 2011).

cedimiento que le permitan dirimir conflictos.[3] Aunque esa necesitad se percibe en los tres relatos, el único que la expresa (o quien mejor lo hace) es Raynal: pasado un mes tras el naufragio, cuando los cinco compañeros han logrado satisfacer sus necesidades más urgentes, se da cuenta de que el hambre la fatiga y la angustia han sido la causa de que entre ellos se cruzaran palabras ásperas, y escribe:

Era evidente que nuestra única fuerza era la unión, y que la discordia y la división serían nuestra ruina.

Cornelisz, el líder de los náufragos del *Batavia*, impone esa unidad recurriendo a un poder de persuasión demoníaco aunado al terror físico. Ralph, el primer cabecilla de los muchachos de *El señor de las moscas*, emplea un símbolo, una concha marina que sirve para convocar la asamblea de los náufragos y confiere autoridad a quien la posee. Raynal, por el contrario, propone a sus compañeros la adopción de un sencillo reglamento, una especie de constitución centrada en la figura del cabeza de familia, cuyos primeros deberes serían

Mantener el orden y la unión [...] con tacto pero también con firmeza [e] intervenir dando consejos juiciosos cuando se planteara un tema de discusión que pudiera degenerar en enfrentamiento.

El cabeza de familia queda dispensado de algunas tareas, pero no de todas, y Raynal no se postula para ocupar el puesto, sino que propone a Musgrave, el capitán, por ser el de mayor edad. Los demás aceptan las normas y todos juran solemnemente respetarlas, no sin antes añadir una cláusula:

---

[3] Como prueba: al llegar Musgrave a Auckland para rescatar a los dos náufragos que se habían quedado allí, éstos ya no se hablaban.

En caso de que el cabeza de familia abusara de su autoridad o la utilizara con fines personales y manifiestamente egoístas, la comunidad se reservaba el derecho a destituirlo y nombrar a otro.

El sistema propuesto por Raynal resultará enormemente fructífero y los otros dos tendrán efectos catastróficos. Puede verse en ello una alegoría del triunfo de la democracia, porque Raynal propone un modelo de república constitucional, mientras que los supervivientes del *Batavia* caen bajo el yugo de un tirano y la frágil organización ideada por Ralph sucumbe ante lo que hoy llamaríamos populismo cuando Jack, su adversario, logra corromper a sus compañeros ofreciéndoles la posibilidad de cazar para comer carne. Pero no nos hagamos demasiadas ilusiones: en muchos aspectos, nuestras democracias se parecen menos a la de Raynal que a los otros dos regímenes; por una parte, muchos políticos parecen sólo perseguir el poder y perpetuarse en él (aunque con métodos menos cruentos que los de *Cornelisz*); por otra, muchos electores ingenuos se rinden al son del flautista al que llaman líder y lo siguen dócilmente hasta el precipicio.

Raynal quiere para él lo que quiere para los demás. Si el propósito de tantos dirigentes actuales es alcanzar y conservar el poder, el suyo es la felicidad de todos: lo que se ha dado en llamar el bien común. No les impone su voluntad, pero impide en secreto cuanto estima pernicioso para la armonía. Así, por ejemplo, renuncia a fabricar bebidas fermentadas o arroja al fuego una baraja de cartas que él mismo había fabricado cuando advierte que uno de los cinco es un mal perdedor. No tiene título o autoridad reconocida, pero sus compañeros lo tratan siempre con extraordinario respeto. Los artículos de su reglamento no están destinados a reprimir, sino a fomentar la armonía porque

el hombre es tan débil que a veces ni la razón, ni la defensa de su dignidad, ni siquiera la consideración de su interés bastan para recordarle cuál es su deber. Es necesario que una regla externa, una disciplina, lo proteja de las flaquezas de su voluntad.

Uno puede preguntarse cuál es, para Reynal, esa disciplina externa. La lectura de su relato no ofrece dudas: Raynal es un hombre auténticamente religioso que mantiene con la Dios una relación filial hecha de humildad, agradecimiento y esperanza. Esa relación no se manifiesta jamás como superioridad, sino como fortaleza y modestia. No puede decirse, naturalmente, que las cualidades de Raynal sean privativas de quienes creen en algo trascendente, pero su experiencia es un testimonio de que esas creencias pueden ser una poderosa ayuda en circunstancias difíciles. Si recordamos el trágico final de los otros dos naufragios, quizá lleguemos a la conclusión de que, como algunos han señalado, cuando la vida se reduce a lo exclusivamente humano corremos el riesgo de derivar hacia lo infrahumano.

Alfredo Pastor
Barcelona, abril de 2017

François Edouard Raynal.

LOS NÁUFRAGOS
DE LAS AUCKLAND

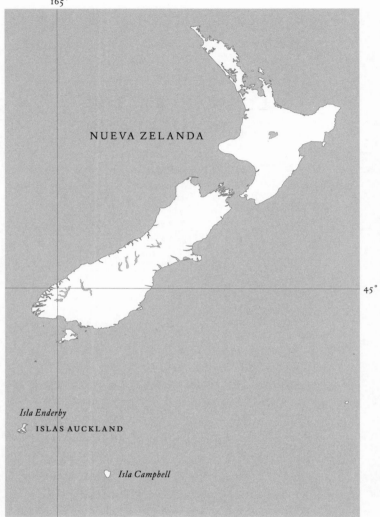

165°

NUEVA ZELANDA

45°

Isla Enderby
ISLAS AUCKLAND

Isla Campbell

INTRODUCCIÓN

Si al lector le parecen dignas de su curiosidad e interés unas aventuras comparables a las de Alexander Selkrik —a quien Daniel Defoe inmortalizó con el célebre nombre de Robinson Crusoe—, un naufragio en las costas de una isla desierta y una supervivencia de casi veinte meses en un peñasco inhóspito con unos pocos compañeros; la urgencia de cubrir por los propios medios todas las necesidades y generar todos los recursos: levantar una casa para defenderse de las inclemencias del tiempo, confeccionar las propias ropas, cazar y pescar para paliar el hambre, establecer una jerarquía y designar un guardián del orden y la paz —es decir, reinventar la civilización en las condiciones más difíciles— y, por último, un feliz rescate no debido al azar, sino a la voluntad inquebrantable y a la perseverancia, no tengo necesidad de extenderme más justificándome por haber tomado la pluma para relatar estos hechos.

Si mi libro resulta de algún provecho, quien lo lea debería sentir en toda su intensidad la dicha de vivir en la propia patria, entre los compatriotas, junto a los parientes y amigos, apreciar más y sentir una mayor gratitud por los inestimables favores que la sociedad y la civilización nos prodigan.

Antes de entrar en materia es indispensable que explique al lector qué circunstancias me llevaron a abandonar mi país y a mi familia, y qué aventuras, de por sí insólitas, precedieron a la gran prueba que dejó en mi vida huellas imborrables y que no puedo recordar sin sentir una honda emoción que me estremece de la cabeza a los pies.

En estas páginas intentaré ser todo lo breve que pueda sin prohibirme, no obstante, profundizar en algunos detalles que ocupan en mis recuerdos un lugar importante y que tal vez no resulten completamente gratuitos.

Nací en Moissac, en el departamento de Tarn y Garona. Acababa de cumplir catorce años cuando un repentino revés de la fortuna dio al traste con la posición de mis padres y a la comodidad de la que gozaban le siguió de pronto la penuria. Esta desgracia les resultó aún más lamentable porque menoscabó en un instante todos los proyectos de futuro que tenían para sus hijos.

Con mucho pesar —pues ya había empezado a comprender la necesidad de instrucción para quien quiere abrirse camino en el mundo— me vi obligado a abandonar el colegio de Montauban donde había decidido proseguir mis estudios. Mi hermano y mi hermana también tuvieron que abandonar el internado donde estudiaban, pero eran todavía demasiado chicos para que los afligieran las tristes consecuencias de la desgracia que se había cernido sobre nosotros.

Mi padre, que en su juventud había estudiado derecho y formaba parte del colegio de abogados, había podido, gracias a su pequeña fortuna, abstenerse de ejercer su profesión y dedicarse a sus gustos sencillos y modestos. Pero llegó un momento en que tuvo que renunciar al reposo y buscar un trabajo productivo, de modo que decidió trasladarse a Burdeos, donde le resultaba más fácil que en una pequeña población dar rendimiento a su actividad. Mi madre, cuya firmeza de carácter era admirable, nos dio a todos ejemplo de resignación y coraje.

La sacrificada vida de mis padres, repleta de dificultades y privaciones, me inspiró un fervoroso deseo de ayudarlos. Mi única preocupación era aligerar su carga en el presente y, con el tiempo, restituirles su fortuna. Para conseguirlo sólo se me ocurría un medio: embarcarme, hacerme marinero, ir a buscar al extranjero, al fin del mundo si era preciso, los recursos que Francia no parecía poder ofrecerme. Había oído hablar de personas que, tras haber abandonado el país, habían regresado inmensamente enriquecidas, o al menos con los medios suficientes para llevar una vida holgada. ¿Por qué no iba yo a tener la misma suerte? Es posible también que esa idea me tentara aún más porque desde hacía años la lectura de ciertos libros había ido alimentando en mí un creciente gusto por los viajes y las aventuras. Mis padres no se opusieron a mi proyecto, de cuya sensatez me esforcé en persuadirlos, y acordamos que partiría como grumete en el *Virginie et Gabrielle*, un buque de tres mástiles y cuatrocientas toneladas de capacidad que iba a realizar un viaje a la India al mando del capitán Loquay, un amigo de mi padre. Este hombre magnífico le prometió ocuparse de mí y orientarme en la carrera que había elegido, y a fe mía que jamás se ha cumplido una promesa con fidelidad más escrupulosa. El capitán Loquay se convirtió en mi mejor amigo y su recuerdo permanecerá grabado para siempre en mi memoria.

Me embarqué la noche del 23 de diciembre de 1844. ¡Qué fecha, qué momento! Decir adiós a un padre y a una madre a los que se quiere con toda el alma, escapar de la red de sus brazos y echarse a ellos nuevamente, volver a separarse y marcharse aprisa para luego, al cabo de minutos, a solas, sumido en la oscuridad en la cubierta de un navío que zarpa, sentir cómo se pone en movimiento, abandona el puerto, se aleja de la tierra firme ¡y nos lleva hacia lo desconocido! No, es imposible describir emociones semejantes.

Cuando salió el sol, la luz me devolvió las fuerzas. El *Virginie et Gabrielle*, que se deslizaba veloz a ocho nudos por hora, había avanzado mucho: de la costa ya sólo se vislumbraba en el horizonte una finísima línea blanquecina que muy pronto desapareció por completo; el ilimitado mar me rodeaba, mis ojos contemplaban por primera vez la cúpula celeste en toda su extensión, el infinito me envolvía y yo me zambullía en él. La grandeza del espectáculo me permitió elevarme por encima de mí mismo: me sentí henchido de un entusiasmo grave y solemne; el pensamiento del ser supremo, del creador y señor del universo, se me reveló, me sentí irresistiblemente impelido a implorar su protección y le recé con fervor. Desde entonces, a lo largo de toda mi vida, la sensación de la presencia de Dios y de su poder ya no me ha abandonado jamás y jamás, ha dejado de ser mi consuelo. Es imposible que el marinero, siempre en contacto con el infinito, siempre vinculado con él y a menudo obligado a combatir contra las temibles fuerzas de la naturaleza, no albergue un sentimiento religioso.

No tardé en enfrentar los desafíos de la vida en el mar. No me refiero a ese sufrimiento tan ridículo como lamentable que causa el balanceo del navío, del que pocas veces se salvan los novatos —la costumbre y sobre todo el temor de ser el hazmerreír de mis compañeros me permitieron sobreponerme a él muy pronto—, sino a la tempestad, que padecimos desde el segundo día de la travesía. Sin duda alguna el océano quiso iniciarme de inmediato en los caprichos de su cambiante humor para evitarme futuras sorpresas. En apenas unos instantes una nube tenebrosa nos envolvió, el viento empezó a soplar con furia, las olas se levantaron como monstruosas crestas, barrieron la cubierta y se llevaron consigo tres de los botes, dejándonos sólo la chalupa. Aferrado a uno de los obenques del palo de mesana, vi con espanto que el carpintero se disponía a cortar el palo mayor. Nos relevamos para achicar agua sin parar. El navío, golpeado por el viento, escorado a causa de las incesantes ráfagas que no le permitían volver a enderezarse ni un solo instante, retrocedía y giraba sobre sí mismo; temíamos terminar chocando contra los islotes y los arrecifes que ribetean las costas de Francia, nos dábamos por perdidos.

Afortunadamente la tempestad no duró mucho, de modo que pudimos desplegar de nuevo el velamen y poner rumbo al ecuador con un tiempo que a partir de ese momento nos fue siempre propicio. Ciento cuatro días después de zarpar de Burdeos llegábamos a la isla Borbón (actualmente la isla Reunión). Desde allí hicimos dos viajes sucesivos a la India, durante los cuales visitamos Pondichérry[1] y los principales puertos de la costa de Coromandel. Después regresamos a Francia.

[1] Actualmente Puducherry. (*N. del T.*).

Como el capitán Loquay hizo escala en Santa Helena, aproveché para recoger algunas reliquias de la tumba de Napoleón: unos pocos fragmentos de piedra y una rama del famoso sauce a cuya sombra solía tomar el fresco el emperador, pues sabía que esas insignificancias supondrían un tesoro para mi abuelo, anciano ya, que en sus tiempos había participado en todas las campañas de la República y del Imperio y que, en mi tierna infancia, tan a menudo me había encandilado con sus relatos dramáticos; a pesar de los cambios que habían traído los nuevos tiempos, su alma seguía completamente anclada a los recuerdos del grandioso pasado.

Soy incapaz de expresar la emoción que, tras diecisiete meses, me embargó al ver de nuevo las costas de Francia. Desde lo alto de la arboladura, fui el primero en atisbar el amado país donde mis padres me esperaban. Iba a verlos de nuevo, ya no en Burdeos, sino en París, donde se habían establecido. Las palabras para describir el alborozo del retorno, las caricias dispensadas y recibidas, las efusiones de ternura, el impetuoso fuego cruzado de preguntas y respuestas, vuelven a faltarme, como me faltaron para describir el adiós.

Durante medio año disfruté del placer de vivir en París junto a mi familia. En aquel lapso de reposo retomé mis estudios interrumpidos. Sin embargo, no había olvidado mis proyectos y no dejaba escapar la menor ocasión de proseguir con ellos. Una mañana el señor Loquay me escribió contándome que los armadores para los que él navegaba acababan de confiarle una nueva embarcación, la *Diane* —puesto que la *Virginie et Gabrielle* no estaba en condiciones de echarse a la mar—, y que iba a emprender un viaje a las Antillas.

Respondí a su carta y seis semanas después estaba en Guadalupe, donde permanecimos poco tiempo. Durante el regreso, aproveché para reflexionar sobre mi situación. Había completado mi formación de marinero, pero la posibilidad de obtener el mando de un navío, la única posición que podía procurarme los recursos que ambicionaba, sólo se perfilaba en un horizonte muy lejano. Así pues, decidí renunciar, al menos por un tiempo, a la condición de navegante y establecerme en alguna colonia, donde sería más fácil, y sobre todo más rápido, hacerme con los medios para alcanzar mi objetivo. Tres días después de mi regreso a Burdeos, sin tener tiempo ni siquiera de ir a París para darles un abrazo a mis padres, me despedí del señor Loquay, que aprobaba mi decisión, y me embarqué en la *Sirène*, un magnífico navío de tres mástiles que acababa de salir del armador y se dirigía a la isla Mauricio al mando del capitán Odouard.

Partí henchido de coraje y de esperanza, sin imaginar cuántos años sembrados de acontecimientos insólitos y de innumerables reveses —que desembocarían en una catástrofe inaudita—, tendrían que pasar antes de que lograra ver de nuevo Francia y a los míos. ¡Ah!, si hubiera sabido que durante mis años de ausencia la muerte se llevaría a las dos almas más jóvenes de la familia, y que dejaba a mis padres envejecer completamente solos y desconsolados pues, al no recibir noticias de mí, ya no confiaban en volver a verme, ¡convencidos de haberme perdido también!... Sin embargo, una vez más doy gracias a Dios, que, luego de tantas pruebas, me hizo, como quien dice, salir de la tumba para hacer más llevaderos los últimos días de mis padres y compensarlos, mediante mis cuidados y mi ternura, por veinte años de abandono y pesares.

Lo primero que aprendí al llegar a la isla Mauricio fue que no podía fiar mi suerte a las cartas de recomendación. Puesto que no tenía tiempo que perder, renuncié a esperar a que las que llevaba conmigo surtieran efecto y me puse a buscar un empleo por mi cuenta. Encontré trabajo en una de las plantaciones más hermosas de la isla y, tras dos años, iniciado ya en los secretos de la vida en la plantación, en todo lo relacionado con la cultura de la caña y la fabricación del azúcar, me atreví a aceptar —a pesar de que sólo tenía veinte años recién cumplidos— un puesto de administrador en una explotación de caña. Se trataba de una inmensa responsabilidad a la que consagraba todo mi tiempo. Cada día debía levantarme a las dos y media de la madrugada para hacer encender el fuego en la fábrica, y raramente lograba retirarme antes de las nueve o las diez de la noche, después de que se apagara. Tenía que controlarlo todo: estar en los campos con los cortadores de caña; en la azucarera, para supervisar la cocción, el embalaje o la expedición del azúcar; en los muelles, para hacer embarcar la mercancía; en los almacenes, para la distribución de las partidas; en las cuadras, en los molinos... en cien lugares distintos donde se encontraran los hombres cuyo trabajo dirigía en solitario. Los sábados por la noche estaba tan exhausto que le tenía prohibido a mi criada hindú que me molestara al día siguiente, ni siquiera para las comidas, puesto que mi única necesidad era descansar. Y así, más de una vez llegué a dormir veinticuatro horas seguidas.

A pesar de la fatiga y las dificultades con los *coolies* (los obreros hindúes), individuos recalcitrantes y propensos a la desobediencia —un día me vi obligado a pelear cuerpo a cuerpo con uno de ellos para castigar su insolencia; en otra ocasión tuve que defender mi vida contra un grupo de rebeldes, y en ambas circunstancias mi victoria y el restablecimiento de mi autoridad se debieron a la sangre fría, a la firmeza de la que tuve que hacer acopio—, a pesar de estos inconvenientes, decía, me encantaba mi cargo, me producía un inmensa satisfacción ver prosperar los asuntos de la plantación y mantenía una relación excelente con el propietario, un hombre intelectualmente refinado además de bondadoso, descendiente de una familia de la nobleza francesa emigrada. Todo me iba bien... hasta que se produjeron dos incidentes que cambiaron mi vida y me abocaron de nuevo a lo desconocido; el primero alteró mi buena disposición ante el presente, el segundo hizo que a mis ojos perdiera lustre el brillante porvenir que tenía por delante en la plantación.

El primero de estos acontecimientos fue una epidemia de fiebre tifoidea, la más violenta que jamás he visto en mi vida. Se propagó por la región con una velocidad espeluznante y diezmó a la población. Nuestra plantación fue duramente golpeada: en las primeras semanas perdimos a unos diez hombres cada día. Finalmente, cuando el contagio empezó a disminuir, agotado por las fatigas y las tensiones que había soportado, caí enfermo. A pesar de curarme, permanecí mucho tiempo debilitado física y mentalmente, y atribuí mi malestar a la insalubridad del clima en la isla.

El otro acontecimiento era de una naturaleza completamente distinta y me abrió perspectivas más auspiciosas. En aquella época (corría el año 1852 y hacía tres años que me desempeñaba como administrador), una gran noticia se difundió por todo el mundo: el descubrimiento de oro en Australia. A la isla Mauricio nos llegó a través de un buque que venía de Sídney. A partir de entonces, las Montañas Azules, Ophir[2] y Victoria se convirtieron en el tema de todas las conversaciones y en el punto de mira de todas las ambiciones, de todos los deseos. No se hablaba de otra cosa que de las enormes fortunas que se amasaban en pocos días, de las pepitas de oro de cincuenta o cien libras que se hallaban en la superficie o a poca profundidad, de los pobres labriegos, peones o marineros que regresaban de Australia convertidos en grandes señores, prodigando oro a manos llenas, entregándose embriagados a las extravagancias más insensatas —uno había pedido que le lavaran los pies en Champagne, otro había encendido un puro con un billete de banco que habría permitido vivir holgadamente durante varios meses a toda una familia—, de la incesante marea humana procedente de todos los rincones del globo que afluía hacia Australia, de los magníficos buques que quedaban atracados en los puertos de Sídney y de Melbourne sin dueño, abandonados por la tripulación al completo, por oficiales y hasta por el capitán, que partían hacia las minas de oro. Cierto es que también se hablaba de las amargas decepciones, de los sufrimientos insólitos, de las desgracias y las

[2] En el estado de Nueva Gales del Sur. (N. del T.).

muertes, pero no eran más que unas pocas manchas en el luminoso cuadro que deslumbraba todas las miradas.

No sin dudar, finalmente decidí renunciar a mi empleo de administrador, abandonar la isla Mauricio e ir, como tantos otros, a buscar fortuna en Australia. Partí en febrero de 1853, en una pequeña embarcación maltrecha que cincuenta y seis días después me depositó en la bahía de puerto Philipp. En cuanto pisé suelo australiano vi la necesidad de hablar inglés antes de pensar siquiera en establecerme allí, así que pasé dos meses aprendiendo el idioma en un paquebote que hacía la ruta de Sídney a Melbourne. Mi desembarco en esta última ciudad no fue precisamente feliz. Nuestro navío, al entrar en el puerto por la noche en medio de una espesa niebla, chocó contra un escollo. La violencia del choque lo hizo inclinarse sobre un costado y no logró volver a enderezarse. A bordo se desencadenó una confusión espantosa. Los arrecifes se ensañaron con nosotros, destrozaron la cubierta y nos arrebataron a dos hombres, uno de los marineros y el cocinero: ambos se ahogaron. Los choques se sucedían a toda prisa, una enorme vía de agua se abrió en la proa y el navío se hundió. La suerte quiso que el mar no fuera muy profundo en aquel lugar: una parte del mástil mayor, con la gran cofa, quedó fuera del agua, a unos cuatro metros por encima de las olas; trepamos hasta alcanzarla y nos quedamos allí agarrados toda la noche. Esas pocas horas nos parecieron siglos: mirábamos con una congoja indescriptible las inmensas olas que se abalanzaban sobre nosotros, temiendo en todo momento que una de ellas, más monstruosa que las anteriores, terminara arrancándonos de nuestro último asidero. Por fin amaneció, un vapor nos avistó y envió uno de sus botes a socorrernos. Desembarcamos en Melbourne y, al cabo de dos días, emprendí el camino hacia las minas.

Pasé once años en Australia, los tres primeros en los placeres (depósitos aluviales) de Victoria, los ocho siguientes en los de Nueva Gales del Sur, principalmente a orillas del río Turon y sus afluentes. No puedo quejarme de haber tenido peor suerte que la mayor parte de los mineros. Encontré suficiente oro como para cubrir mis gastos e incluso reuní una pequeña suma que me permitió hacer frente a algunas necesidades imprevistas, pero sin alcanzar jamás mi objetivo, que no era otro que poder ofrecer a mi familia una vida holgada. Por eso me resistía a volver a Francia. A veces me invadía el desaliento, pero cuando estaba a punto de renunciar siempre se producía un hallazgo fuera de lo común o el descubrimiento de un filón que prometía tesoros, lo que me devolvía la esperanza y me inducía a perseverar. Quizá fuese yo demasiado ambicioso, o quizá era menos sabio que un valiente marinero irlandés que fue mi fiel compañero y mi devoto amigo durante el tiempo que pasé en las minas de Victoria. El honesto Mac-Lure tenía un único propósito: amasar la cantidad de dinero suficiente para volver a su patria y convertirse allí en propietario de una modesta granja donde fundar una familia. Durante las horas de descanso en nuestra tienda, mientras asábamos en las brasas unas chuletas de cordero o fumábamos en pipa, me contaba sus proyectos y esbozaba para mí el cuadro de su futura dicha, cuando, en los atardeceres invernales, sentado junto al hogar encendido entre su anciana madre y su esposa, les contaría sus aventuras a los niños acurrucados en su regazo mientras tomaba un buen vaso de ponche a sorbitos. Y mi amigo MacLure vio realizarse su sueño: algunos años más tarde —mientras yo estaba en los valles de las Montañas Azules—, recibí desde Irlanda una carta en la que me contaba que era propietario de la granjita tan anhelada, que su madre envejecía en paz bajo su techo, que había conocido a una mujer que le gustaba, que el vaso de ponche no le faltaba jamás y que todo hacía pensar que los hijos llegarían muy pronto... ¡Estaba tan feliz! Sus modestos gustos habían hallado recompensa.

Los recuerdos sobre este largo período de mi vida se agolpan en mi cabeza: con ellos podría llenar un volumen entero (tal vez lo escriba y lo ofrezca algún día a los lectores), pero me limitaré a relatar tres situaciones en las que estuve a punto de fallecer y que darán una justa idea de los peligros de toda índole a los que están sometidos los buscadores de oro.

Las dos primeras remiten a mis comienzos como minero. Me había establecido con MacLure en el depósito aluvial del arroyo Forest, al pie del monte Alexandre, un amplio valle tapizado de tiendecitas de tela blanca y acribillado de hoyos en los que trabajaban cuarenta o cincuenta mil mineros. Un día, tras haberme deslomado cavando en mi agujero y después colando y lavando la tierra, estaba muerto de sed y, puesto que no me quedaba té —nuestra bebida habitual— y ni siquiera agua hervida, cometí la imprudencia de beber ávidamente el agua lodosa del arroyo: el cólera me fulminó de inmediato. Presa de tormentos insoportables, convencido de que sólo un remedio violento podía salvarme o al menos poner fin a mis sufrimientos precipitando el desarrollo de la enfermedad, me tragué un vaso grande de aguardiente en el que había echado una cucharada de pimienta… y me curé. Poco después MacLure y yo sufrimos algo que habría podido resultarnos mucho peor que perder la vida: estuvimos a punto de quedarnos ciegos. Trabajábamos lavando la tierra aurífera entre una nube de moscas de una crueldad y una tenacidad insoportables. No dejaban de acribillarnos el rostro y sobre todo los ojos, y no podíamos evitar espantarlas con las manos mojadas de agua lodosa. Pero el lodo fue penetrando en los ojos hasta producirnos tal inflamación que éramos incapaces de abrirlos. No nos quedó más remedio que permanecer día y noche clavados en nuestros catres, completamente inmóviles. No puedo describir los sufrimientos morales y físicos durante los nueve días en que me vi privado de la vista. Pensaba que me había quedado ciego para siempre, puesto que los casos de ceguera no eran infrecuentes entre los mineros; ya me veía abandonado a mi suerte, incapaz de ganarme la vida, perdido en aquel país inmenso y medio salvaje donde un hombre necesita de todas sus facultades como en ningún otro lugar. Llegué a desear la muerte: la invocaba con todas mis fuerzas. Mi confusión llegó a tal extremo que en algún momento acaricié la idea de acabar con mi vida y busqué el revólver que guardaba bajo la almohada… Si MacLure, que ya había temido la insensata deriva de mis arrebatos, no hubiera tomado la precaución de esconderlo en otro sitio, ¡probablemente me habría suicidado!… Doy gracias a Dios por haberme ahorrado, mediante la afectuosa diligencia de un amigo, la desgracia de presentarme ante Él con la carga de un crimen tan grande.

El tercer accidente, al que aún hoy me sorprende no haber sucumbido, se produjo en los últimos tiempos de mi estancia en Australia. Por aquel entonces me dedicaba a la explotación del arroyo Palmers Oackey, uno de los afluentes del río Turon. Un día en que mis empleados acababan de interrumpir su jornada para tomar el almuerzo y yo me disponía a hacer lo propio, se me ocurrió adentrarme en una excavación que estaba haciendo abrir en una de las laderas de la montaña para averiguar si no sería más prudente apuntalar mejor el interior. Apenas había puesto un pie dentro cuando una parte del techo se hundió encima de mí. La masa de escombros me derribó y quedé prácticamente sepultado. Grité en vano: mis hombres estaban demasiado lejos para oírme. Pensé que estaba condenado a morir allí, preso, asfixiado y medio aplastado. Pero por suerte la tierra que se desprendió era blanda y quebradiza: en cuanto intenté revolverme noté que cedía; redoblé mis esfuerzos y poco a poco conseguí liberarme y salir de mi tumba. Llegué hasta donde estaban mis compañeros a rastras, adolorido y medio muerto. No me rompí nada, pero sin duda la fuerza de la presión me causó alguna lesión interna, pues estuve enfermo mucho tiempo. Finalmente tuve que tomar la decisión de regresar a Sídney, donde sólo me restablecí después de un tratamiento de ocho meses.

Éstas son, en pocas palabras, las diversas experiencias que viví antes del terrible acontecimiento que fue el último episodio de mi vida como aventurero y que constituye el tema central de este libro.

I

OBJETIVO DE NUESTRA EXPEDICIÓN — LA GOLETA «GRAFTON» — LA PARTIDA

Corría el año 1863. Estaba en Sídney, por fin recuperado de las secuelas del accidente que acabo de relatar, pero desanimado por la escasa recompensa obtenida tras once años de fatigas en las minas. Mi único deseo era regresar a Francia y ver a mis padres de nuevo. Estaba completamente decidido a marcharme de Australia, y ya planeaba mi partida, cuando recibí una propuesta que cambió de golpe mis planes y me abocó a nuevos azares.

Uno de mis amigos, Charles Sarpy, a quien había conocido en Francia y reencontrado en Sídney —donde se había establecido como comerciante de paños con la ayuda de un socio—, me habló de un proyecto que había concebido hacía poco. Me aseguró que ni él ni su socio se lo habían confiado aún a nadie y que sólo lo ejecutarían con la condición de que yo participase. He aquí de qué se trataba.

Había buenas razones para creer que existía una mina de estaño argentífero en la isla Campbell, situada por encima de Nueva Zelanda, en el gran Océano Antártico. Sarpy creía que esa isla, que no era grande, sería fácil de explorar y, dada mi experiencia, contaba conmigo para descubrir la mina. Su idea era que yo partiera a comienzos de aquel verano en una embarcación pequeña a visitar la isla, donde, si no descubría ninguna mina, al menos encontraría gran cantidad de focas, cuyo aceite y pieles tenían mucho valor. En cualquier caso podíamos fundar allí una empresa destinada a explotar uno u otro recurso, o incluso los dos llegado el caso. Si tenía éxito debía apresurarme a regresar a Sídney para pedir de inmediato al gobierno australiano la concesión de la isla y volver allí antes de que llegara el invierno con todos los hombres y el material necesa-

29

rios. Luego permanecería en la isla para dirigir los trabajos en calidad de administrador de la colonia. «En cualquier caso —me dijo Sarpy para concluir—, incluso si la expedición no tuviera ningún éxito, ¿qué son para ti unos pocos meses, dos o tres a lo sumo, tras tantos años de ausencia?».

Como conocía a Sarpy y sabía con qué facilidad se entusiasmaba, le pedí que me dejara sopesar su propuesta y dediqué el resto del día a darle vueltas al asunto. Por grande que fuera mi deseo de volver a ver a mi familia y mi país después de un exilio de diecisiete años, la esperanza de conseguir por fin beneficios cuantiosos, de ganar una fortuna, me seducía. Y además Sarpy tenía razón: si no lográbamos nada, para mí sólo supondría un retraso de tres meses, mientras que si conseguíamos lo que esperábamos volvería a mi patria un año o dos más tarde, pero en muy buena posición. Estas consideraciones inclinaron la balanza y decidí aceptar la oferta.

Al día siguiente por la mañana fui a ver a aquellos señores para anunciarles mi decisión, aunque les advertí que, dado que hacía mucho tiempo que no navegaba, no quería desempeñarme como capitán del barco, sino tan sólo como segundo de a bordo. Por lo demás, después de fundar la empresa al frente de la cual debía quedarme nos haría falta alguien para ir y venir de Sídney a la isla Campbell, traernos provisiones y llevar lo que nosotros encontráramos. En consecuencia, me parecía necesario escoger desde el comienzo a una persona en quien pudiéramos confiar y que, para mayor garantía, tendría que aceptar asociarse con nosotros.

Mis nuevos socios compartieron mi parecer, así que nos dirigimos al señor Thomas Musgrave, un veterano capitán de barco. Era americano, tenía unos treinta años y se había establecido con su familia en Sídney; el socio de Sarpy era su tío.

Musgrave tenía una larga experiencia como navegante, había hecho diversos viajes entre Sídney y Nueva Zelanda y en consecuencia conocía bien aquellas regiones. Le propusimos ponerse al mando del navío de nuestra empresa, pero no como empleado a nuestro servicio, sino como socio, de modo que, como a cada uno de nosotros, le correspondería una cuarta parte de los beneficios. Como estaba sin empleo aceptó sin hacerse de rogar y a partir del día siguiente él y yo nos pusimos a buscar una embarcación. Al cabo de tres semanas encontramos una que parecía adecuada a nuestros propósitos.

El *Grafton* era una goleta pequeña y de quilla corta, pero gracias a sus flancos proporcionalmente largos podía alojar entre setenta y cinco y ochenta toneles de mercancías sin ir excesivamente cargada. Acababa de hacer una serie de viajes entre Sídney y Newcastle transportando aceite, que es la principal industria de este último puerto, situado en la misma costa que Sídney, aunque a unos ciento veinte kilómetros al norte.

En el fondo de la bodega, cerca de la quilla, el *Grafton* llevaba unos quince toneles de lastre, principalmente viejo hierro fundido; sobre éstos apoyamos firmemente un suelo que, además de mantener el lastre en su sitio, nos permitía cargar y descargar más cómodamente el carbón. Aquel lastre bastaba para asegurar el equilibrio de la goleta cuando volvía vacía de mercancías a Newcastle, donde hacía de ordinario un viaje a la semana; sin embargo, para una expedición como la nuestra, en la que probablemente tendríamos que vérnoslas con fuertes vientos y mar gruesa, nos pareció conveniente añadir diez toneles llenos de bloques de gres (una piedra muy común en Sídney) y veinte más llenos de agua. Estos últimos, que colocamos cuidadosamente al fondo de la bodega, servirían para almacenar aceite de foca, puesto que nuestro plan era que la tripulación recogiera cierta cantidad de aceite, además de las pieles de los animales, para cubrir en la medida de lo posible los gastos de aquel primer viaje mientras yo me ocupaba de explorar la isla en busca de la mina de estaño. Asimismo, en caso de disponer de tiempo debíamos aprovechar para echar un vistazo a las islas Verde y Macquarie, además de las Auckland, para constatar la presencia de focas en aquellos parajes e ir más adelante a cazarlas si era el caso.

Después de haber cargado una cantidad de provisiones que debía bastar para un viaje de cuatro meses, y de haber enrolado a dos marineros y a un cocinero (que también nos serviría de criado y, si era preciso, ayudaría con los aparejos), Musgrave y yo fuimos a despedirnos de nuestros socios.

En aquella última conversación antes de zarpar, hicimos un acuerdo importante: como íbamos a aventurarnos en un mar peligroso, donde las tempestades son la norma, y tendríamos que atracar en puertos poco conocidos, de los que había escasas indicaciones en las cartas de navegación al uso —las únicas de las que disponíamos—, no convenía fingir que no estaríamos expuestos a más de un peligro, en particular a un naufragio en alguna costa desierta. Si no regresábamos al cabo de cuatro meses, los otros dos socios se comprometían a acudir en nuestra ayuda de la mejor manera posible. En caso de que no dispusieran de los recursos necesarios para enviar otro navío, harían una petición al efecto al gobierno de Nueva Gales del Sur, que sin duda mandaría una de sus embarcaciones de guerra o bien adoptaría las medidas que juzgara convenientes para informarse de nuestra suerte.

Una vez nuestros socios aceptaron ese compromiso, Musgrave fue a abrazar a su mujer y a sus hijos mientras yo embarcaba en el *Grafton* y disponía todo para zarpar. Una hora más tarde Musgrave ya estaba en el barco. Levamos el ancla y, con el corazón lleno de esperanzas, pusimos rumbo hacia la isla Campbell. Era el 12 de noviembre de 1863.

Permítaseme señalar aquí un detalle que no carece de importancia: yo llevaba conmigo un excelente fusil de caza de doble cañón que durante muchos años había sido mi fiel compañero de viaje. Inicialmente había pensado dejarlo en Sídney, pero me dio por imaginar que sin duda en las islas que me disponía a visitar tendría ocasión de divertirme cazando algunos patos salvajes. También llevé dos libras de pólvora y diez de plomo y cartuchos. Aquella arma y las municiones terminarían resultándome de una utilidad que estaba muy lejos de sospechar.

II

MIS COMPAÑEROS DE VIAJE — LOS EMBATES
DEL MAR — LLEGADA A LA ISLA CAMPBELL

Las últimas palabras del piloto del puerto al alejarse fueron: «God speed you, gentlemen, and take care, we shall soon have a southerly burst» («Vayan con Dios, señores, y tengan cuidado, que se avecina una borrasca del sur»). Y en efecto, al cabo de una hora la vimos acercarse, negra y amenazante. Apenas nos dio tiempo de preparar la goleta para recibirla. En unos instantes nos despojó de gorras y sombreros: a cual mejor, salieron volando y fueron a dar al agua. Pero una vez pasó el primer embate, el viento se calmó y siguió soplando del sur durante toda la noche y todo el día siguiente.

Puesto que el viento desfavorable nos impedía proseguir y nos obligó a bordear, permítame el lector que aproveche para presentarle a mis compañeros de viaje, que de aquí en adelante aparecerán a menudo en el relato.

Ya he hablado de Thomas Musgrave, nuestro capitán, quien, como tuve ocasión de advertir muy pronto, no sólo reunía las cualidades del marino experimentado, sino también las del hombre inteligente y bondadoso, no menos notables y valiosas para nosotros.

George Harris, uno de nuestros marineros, era un muchacho inglés de unos veinte años, simple hasta el extremo de la ingenuidad, pero tan valiente como fuerte. Conocía muy bien su oficio y había recibido alguna educación. Musgrave lo había escogido para hacer las guardias con él.

El otro marinero, Alexander Maclaren, a quien llamábamos Alick, hacía las guardias conmigo. Era noruego, de unos veintiocho años y extremadamente taciturno (casi nunca reía); no sabía leer ni escribir, pero era obediente y sumiso además de un marinero ejemplar.

Henry Forgès, nuestro cocinero, al que siempre llamábamos Harry, era portugués; tenía unos veintitrés años, era bajito, corpulento y extraordinariamente feo. Su mal aspecto se debía a una enfermedad, una especie de lepra que había carcomido la mayor parte de su rostro, de modo que su apéndice nasal era poco más que una cicatriz.

La historia de este muchacho es curiosa. Se había embarcado a los trece años, como grumete, en un ballenero estadounidense atracado en las Azores, su región natal. Después de navegar durante años cayó enfermó y, al ver que sus compañeros lo rechazaban horrorizados o huían de él, le rogó a su capitán que le permitiera abandonar el barco en alguna de las islas de la Polinesia. De ese modo fue a parar en una de las islas que llaman de los Navegantes, situadas a unas mil quinientas leguas del cabo York —el extremo más septentrional del continente australiano— y habitadas por salvajes que siguen practicando el canibalismo. Allí permaneció Harry durante varios años y se curó de su enfermedad. Harto finalmente de la vida salvaje y deseoso de marcharse de aquel lugar donde vivía en una especie de cautiverio, le pidió a Dios que lo sacara de allí.

A escondidas de los nativos, colocó algunas señales en un montículo a orillas del mar que iba a visitar en secreto de vez en cuando. Así, una mañana avistó un navío que avanzaba hacia la isla.

El capitán del barco, ayudado de su catalejo, distinguió a un blanco que hacía señas e hizo lanzar un bote al mar para recogerlo. Para su sorpresa, el hombre se arrojó al agua y empezó a nadar con todas sus fuerzas hacia la embarcación; pronto comprendió por qué: en cuanto aquel europeo se echó al mar apareció tras él un grupo de nativos que sin duda intentaban capturarlo; algunos le lanzaron flechas (una de ellas le alcanzó un hombro y estuvo a punto de impedir su huida), mientras que muchos otros, empuñando lanzas y mazas, entraron en el mar y se pusieron a perseguirlo a nado. Al ver la escena, los remeros redoblaron sus esfuerzos; por fortuna ganaron la carrera y consiguieron rescatar al fugitivo cuando sus enemigos ya estaban a unas pocas brazadas de él. Lo subieron a la lancha exhausto a causa de la emoción y el dolor que le causaba la herida. Unos pocos golpes de bichero y de remo bastaron para dispersar a los nadadores, que, al ver que su presa escapaba, se apresuraron a regresar a la orilla lanzando gritos de cólera.

Harry se empleó como pinche de cocina en el navío que lo rescató y después desembarcó en Sídney, donde lo enrolamos en nuestra expedición.

De modo que éramos cinco, todos de distintas nacionalidades: un estadounidense, un inglés, un noruego, un portugués y un francés (yo mismo). Sin embargo, dado que todos hablábamos inglés, nos entendíamos a la perfección.

Todos estábamos acostumbrados al mar, pero yo era el único que había hecho vida de pionero durante años en el interior de Australia, ardua escuela donde se aprende a no depender de nadie más que de uno mismo, a sacar partido de las propias habilidades y a luchar sin tregua contra la despiadada naturaleza virgen. Aunque las dificultades con las que es preciso medirse no son motivo de orgullo, al menos dan una viril confianza en uno mismo que lo prepara para afrontar con serenidad cualquier revés.

Muy pronto se verá cuánta razón tenía al felicitarme por las pruebas que había tenido que superar. Llegado el momento me di cuenta de que no había pagado un precio demasiado alto por una experiencia que resultó tan útil para mí— y también, si se me permite, para mis compañeros— en las circunstancias excepcionales que nos reservaba el destino.

Retomo ahora mi relato citando mis diarios tal como iba escribiéndolos día a día:

Viernes, 13 de noviembre 1863

Sigue soplando viento del sur, aunque suave.

Sábado, 14 de noviembre de 1863

Brisa moderada del norte. Hace buen tiempo y la goleta se desliza veloz, a cinco nudos por hora, sin dar bandazos, sobre la superficie de un mar liso como un lago.

Domingo, 15 de noviembre de 1863

Las dos de la madrugada. Calma. Al sur el tiempo parece amenazante, pero en lo alto el cielo está despejado. El barómetro baja. Ha empezado a caer una auténtica lluvia de meteoros de nornordeste a sursudeste, y ha seguido hasta la salida del sol: un espectáculo espléndido. A las seis ha empezado a soplar brisa del sur y nos ha obligado a bordear.

Lunes, 16 de noviembre de 1863

La brisa del nornordeste va aumentando gradualmente. Avanzamos poniendo rumbo al sudeste. A bordo todo en orden.

Martes, 17 de noviembre de 1863

El mismo clima, la misma brisa, que va en aumento.

Miércoles, 18 de noviembre de 1863

Borrasca del oeste. La mar está picada; todas las velas pequeñas recogidas y dos rizos en la gavia. Posición de la goleta al mediodía: 40° 16' de latitud sur y 152° 26' al este del meridiano de París.

10 de la noche. Viento fuerte. La mar muy picada. Las olas rompen en la borda constantemente y el agua entra por todas partes porque las juntas de la cubierta de nuestra pequeña embarcación no están completamente selladas.

10:30. El cielo negro. Sólo vemos la línea del horizonte iluminada por la fosforescencia del mar agitado. Las nubes, muy bajas, pasan por encima de nosotros a una velocidad vertiginosa. Unos destellos pálidos las atraviesan a cada instante; nos azota una lluvia gélida. De vez en cuando el estruendo de un trueno se mezcla con los mil rugidos siniestros con que nos ensordecen las olas enfurecidas y el viento.

Hago mi guardia. Veo a Musgrave en la cabina, sentado junto a la mesa con la cabeza apoyada en los brazos. Acabo de tomar el timón y relevar a Alick, que lo llevaba desde el comienzo de la guardia.

Son las 11. Deslumbrado por los relámpagos que se suceden casi sin interrupción, me cuesta distinguir la brújula en la cabina. De pronto un choque violento me zarandea y salgo despedido: es un golpe del mar que ha sacudido la goleta, levantado una parte de la borda y desplazado el lastre. La embarcación se escora y no es posible enderezarla. Algo lastimado y empapado de agua salada, me incorporo y me apresuro a coger de nuevo el timón. Musgrave y Alick suben a toda prisa; poco después acuden los otros dos, que salen del castillo de proa. Los cuatro intentan controlar y recoger la vela mayor mientras la goleta obedece, primero despacio y luego aprisa, al empuje del timón, cuya caña acabo de poner a barlovento; entonces avanza enloquecida a través de las olas y huye de la tempestad, sin una sola vela desplegada, a siete nudos por hora, pero sigue muy escorada.

Musgrave toma el timón y se queda sólo en la cubierta mientras yo desciendo a la bodega por el castillo de proa seguido de mis hombres, que llevan linternas. ¡Qué espectáculo! Todo está revuelto, hecho un caos; las piedras de gres, los toneles y los sacos de sal, esparcidos en desorden a estribor, que ahora es el fondo del navío. Afortunadamente los quince barriles llenos de hierro, firmemente retenidos por el suelo que habíamos apoyado encima, no se han movido, pues de lo contrario habría sido nuestro fin y el del *Grafton*, que se habría hundido irremediablemente.

El resto de la noche hemos estado ocupados devolviendo

las cosas a su sitio y poniendo orden en la bodega; por la mañana, exhaustos, hemos vuelto a subir a la cubierta, donde nos hemos encontrado a Musgrave calado hasta los huesos y con el rostro pálido, pero despierto y alerta. George lo ha relevado. Como no podíamos encender fuego porque las olas lo habían inundado todo, cada uno de nosotros ha bebido un buen vaso de aguardiente para calentarse; luego la goleta ha vuelto a capear el temporal.

Lo primero que hemos hecho a continuación ha sido sondear las bombas, al fondo de las cuales hemos encontrado una cantidad insignificante de agua. Nos ha sorprendido gratamente descubrir que, aunque en medio de la tempestad entraba un poco de agua por las juntas de la cubierta, el casco es tan impenetrable como una botella.

Durante las dos horas que George ha estado al timón, Alick, el cocinero, Musgrave y yo hemos ido a echarnos completamente vestidos en nuestros lechos mojados, donde intentamos descansar un poco durmiendo con un ojo abierto.

Afuera la tempestad sigue rugiendo con la misma violencia.

Viernes, 20 de noviembre de 1863

Seguimos al pairo. El viento ya sólo sopla a ráfagas. El mar, a pesar de estar aún muy embravecido, empieza a calmarse un poco. El barómetro sube.

Sábado, 21 de noviembre de 1863

Son las 4 de la madrugada. Largamos más trapo, pues con tan poco empuje la goleta se balanceaba violentamente sobre la superficie del mar, que sigue muy picado.

8 de la mañana. ¡Viva! Por fin tendremos algo caliente que llevarnos a la boca para el almuerzo: es la primera vez desde hace tres días.

Mediodía. La brisa se ha vuelto regular. Hemos desplegado todas las velas, puesto rumbo al sursudeste y hecho las observaciones solares que establecen nuestra posición a 39° 8' de latitud sur y 154° 0' de longitud este (conforme al meridiano de París), de modo que el tiempo que ha durado la tempestad hemos ido a la deriva unas ciento cincuenta millas.

Del sábado 21 al viernes 27 de noviembre de 1863

Buen tiempo; cielo medio nublado.
A bordo todo está en orden. Vemos ballenas a menudo.

Sábado, 28 de noviembre de 1863

Cielo completamente encapotado. El tiempo parece amenaza-dor. El barómetro baja.
A las 6 de la mañana nos ha sorprendido una borrasca proce-dente del este sudeste que nos ha obligado a huir del mal tiem-po durante una hora, tras la cual hemos vuelto a poner la capa.
A partir de las 2 de la tarde el sol ha desaparecido y no he-mos podido tomar más mediciones.

Domingo, 29 de noviembre de 1863

Esta vez la tempestad no ha durado demasiado. Tampoco ha sido tan violenta como la anterior. El tiempo mejora, sólo hay temporales intermitentes. La brisa se ha vuelto más regular y la mar está menos picada. Hemos desplegado las velas y vuel-to a poner rumbo hacia el este sudeste.
Mediodía. El sol ha vuelto a salir. Hemos podido tomar mediciones, que nos han dado 52° 6' de latitud sur y 159° 23' de longitud este (meridiano de París).

Lunes, 30 de noviembre de 1863

A las doce y cuarto, encaramado al mástil, he avistado tierra a unas treinta y cinco millas de distancia.

4 de la tarde. Acaba de levantarse niebla del océano cubriendo la tierra con un velo impenetrable. Es tan espesa que no podemos distinguir ningún objeto de un extremo al otro de la embarcación. La prudencia nos invita a quitar trapo y poner rumbo a alta mar para evitar exponernos a chocar contra los escollos durante la noche, que está al caer.

Martes, 1.º de diciembre de 1863

A las siete de la mañana, la niebla acaba de disiparse, pero ya no vemos la costa. Viramos y ponemos rumbo de nuevo hacia la isla Campbell.

Miércoles, 2 de diciembre de 1863

A las 8 entramos en el puerto de la bahía de Abraham, situado al sudeste de la isla. A las 11 fondeamos a cinco brazas de profundidad en el extremo de la bahía.

III

LA INUTILIDAD DE NUESTRAS PESQUISAS
— ENFERMO — ABANDONAMOS
LA ISLA CAMPBELL

Tan pronto como recogimos velas, Musgrave y yo desembarcamos. Todavía no habíamos visto ninguna foca en las aguas de la bahía, pero como nos hallábamos en el corazón mismo del verano austral pensamos que tal vez aquellos animales habían ido a refugiarse entre las hierbas altas de la costa o entre la espesa maleza del litoral para dormir en un lugar fresco durante las horas de calor. Recorrimos las playas, nos encaramamos a peñascos y escalamos acantilados; no obstante, aunque buscamos por todas partes, todo fue en balde: no encontramos focas. Por todas partes veíamos rastros más o menos evidentes, pero ni una sola foca. Pronto nos convencimos de que todas aquellas huellas no eran recientes: probablemente se remontaban al año anterior; eran estrechos senderos que se dirigían a las montañas y que a nosotros nos resultaba casi imposible seguir a través de la tupida maleza en la que terminaban desapareciendo. Pero éste no era el único obstáculo: no tardamos en darnos cuenta de que aquella vegetación embrollada cubría y ocultaba a nuestros ojos innumerables trampas, como grietas y hoyos, que las lluvias, tan frecuentes en esas regiones, habían cavado en un suelo blando y casi siempre pantanoso.

Agotados por la prolongada búsqueda y sobre todo por lo infructuoso de la misma, regresamos al navío poco después de que se pusiera el sol. Al llegar, los hombres nos contaron que durante nuestra ausencia habían visto dos focas nadando alrededor de la goleta: de vez en cuando asomaban sus grandes cabezas, emitiendo una especie de rugido que parecía denotar cierta ferocidad y asombro ante la aparición, completamente insólita, de un monstruo como nuestra embarcación. Por la descripción que nos hicieron, enseguida llegamos a la conclusión de que se trataba de leones marinos, precisamente la especie en la que habíamos puesto todas nuestras expectativas y que esperábamos encontrar en abundancia en aquellos parajes. El relato nos dio ánimos, pues era posible que aquellos animales habitaran en determinados puntos de la costa y no en otros. Convinimos entonces que, en lo que explorábamos la isla para descubrir la mina de estaño, no dejaríamos de ocuparnos de las focas.

Al día siguiente, de buena mañana, Musgrave y yo partimos de nuevo dejando a nuestros hombres a bordo. Nos costó Dios y ayuda conseguir traspasar la línea de vegetación para poder dirigirnos hacia el noroeste, y más de una vez tuvimos que echarnos boca abajo para pasar reptando por debajo de la maraña de lianas. Al llegar a la cresta de la montaña, rodeamos la cima redondeada que bautizamos como la Cúpula. Desde allí podíamos ver, al pie de la ladera occidental, una bahía que los balleneros conocían como el puerto Monumental. Tras descender de la montaña desembocamos en un acantilado muy alto, situado casi en mitad de una cuenca circular abierta sólo por el lado del océano, semejante a las colosales ruinas de un inmenso coliseo antiguo. El mar había perforado, excavado y esculpido la roca por todas partes, respetando tan sólo las rocas más duras, que sobresalían, en relieve, de las paredes del acantilado como si fueran antiguos pilares que el tiempo aún no había logrado abatir. Era fácil entrar en aquel puerto, pero ofrecía muy poca seguridad a causa del fuerte oleaje que lo golpeaba y, como existía el riesgo de quedar retenido por los vientos del oeste, raramente se usaba; hasta los balleneros lo evitaban, salvo en casos de necesidad extrema. Si tenían necesidad de agua fresca preferían acudir al puerto del sudeste: la bahía de Abraham.

Como el penoso camino que acabábamos de recorrer nos había abierto el apetito, encendimos una hoguera para preparar té y almorzar, tras lo cual descendimos a la playa. Esta vez vimos unos pocos leones marinos. En cuanto a la mina de estaño, todavía no habíamos descubierto ningún indicio que revelara su existencia. Nos dispusimos entonces a regresar a bordo del navío por otro camino distinto al de la ida. Rodeamos y descendimos de la Cúpula y, al pie de ésta, encontramos un montón de nidos enormes. Estaban hechos de la turba que los albatros, escarbando con las patas, habían amontonado formando montículos; el centro, hueco, estaba lleno de musgo. Casi todos los nidos estaban ocupados: en cada uno de ellos una hembra incubaba su único huevo, suficientemente grande como para dar de comer a dos hombres. Nos acercamos y nos servimos de nuestros bastones para obligarlas a abandonar los nidos, que las pobres defendían con todas sus fuerzas. Tuvimos la suerte de conseguir varios huevos, pero sólo uno de ellos estaba lo suficientemente fresco para comérselo. Lo cocimos. Nos preguntábamos a qué sabría: la yema estaba deliciosa, pero la clara nos pareció un poco fuerte; en resumidas cuentas, se parecía bastante al huevo de oca o de pata.

Después de haber caminado casi todo el día sobre un suelo húmedo y blando que a cada paso se hundía bajo nuestros pies como una esponja, y tras haber escalado varios peñascos, volvimos a bordo por la noche, completamente exhaustos.

Al día siguiente tuve que dejar que Musgrave partiera con Alick para hacer una segunda expedición: me sentía muy mal y tenía fiebre. No tardé en verme obligado a ir a mi camarote para echarme en la cama y ya no pude levantarme en todo un mes: estaba muy enfermo. A punto estuve de quedarme para siempre en la isla. Musgrave perdió toda esperanza y llegó a pensar en buscar algún sitio donde darme sepultura. Me lo confesó más tarde, cuando me agradeció que le hubiera ahorrado aquel triste deber.

Aun privado de todo medicamento y abandonado únicamente a las defensas de mi naturaleza, finalmente sané: la vitalidad de la juventud y la fuerza de mi constitución se impusieron. Sin duda, las causas de mi intempestivo achaque fueron la fatiga de la travesía, que emprendí cuando apenas acababa de reponerme del accidente en la mina, y sobre todo el brusco cambio de un clima cálido y saludable como el de Nueva Gales a la fría y húmeda atmósfera de los mares australes.

Durante este período de inactividad forzosa, Musgrave había proseguido buscando la mina de estaño en vano. ¿Se le pasó por alto o acaso no existía? Lo ignoro. En cuanto a los leones marinos y otras especies de focas, eran muy raras. Durante el mes entero en que la goleta estuvo anclada en la bahía de Abraham, sólo cazamos cinco, una de ellas inmensa, de la que obtuvimos ciento cincuenta litros de aceite. Aquel notable espécimen, que debía de pesar por lo menos seiscientos kilos, ocupó un lugar de honor en nuestros recuerdos; siempre nos referíamos a él por su apodo, *Old Christmas*, en homenaje al día en que lo habíamos cazado.

Como permanecer más tiempo en la isla Campbell nos parecía inútil, decidimos partir y no seguir avanzando hacia el sur. Lo más sabio era regresar a Sídney y contentarnos con visitar el archipiélago de las Auckland, que se encontraba de camino.

El 29 de diciembre levamos anclas y dijimos adiós a la isla Campbell. Aunque aún no estaba en condiciones de abandonar la cama, quise reanudar la escritura del diario de a bordo, del que extraigo los siguientes fragmentos:

Miércoles, 30 de diciembre de 1863

6 de la tarde. Viento del oeste, brisa fuerte, cielo cubierto y nubes, tiempo amenazador.

Musgrave me dice que acaba de avistar el archipiélago de las Auckland al noroeste, a unas treinta millas de distancia. Ponemos rumbo al norte.

Jueves, 31 de diciembre de 1863

2 de la madrugada. Viramos poniendo rumbo al suroeste.

1 del mediodía. Borrasca del oeste. El viento cambia de noroeste a suroeste. Jamás había visto tan mala mar; parece estar en ebullición y se nos echa encima.

4 de la tarde. La mar sigue picada, pero más estable.

8 de la tarde. La lluvia, que hasta ahora era fina, cada vez es más fuerte y ruidosa, y el viento golpea con violencia. Hemos capeado el temporal.

Viernes, 1.º de enero de 1864

2 de la madrugada. El tiempo cambia; hemos desplegado la sobremesana y la vela mayor.

10 de la mañana. Brisa moderada, cielo claro, el barómetro sube.

Bordeamos la costa. El buen tiempo me tienta a subir a la cubierta a tomar el aire fresco y a disfrutar del panorama que nos ofrece la isla Adams, pero todavía estoy tan débil que apenas puedo tenerme en pie y dar unos pocos pasos. Musgrave llama a George para pedirle que suba mi colchón y lo estire sobre la escotilla de popa. Luego él mismo me ayuda a subir a la cubierta, donde, durante unos instantes, consigo mantenerme en pie agarrado a una jarcia mientras mi amable compañero me anima y me felicita por el esfuerzo que acabo de hacer; pero flaquean mis fuerzas y me veo obligado a echarme de nuevo en el colchón. Finalmente, con la cabeza apoyada en las almohadas, puedo echar un vistazo sin fatigarme.

¡Ah! Qué delicia sentir los rayos del sol bañar mis miembros entumecidos tras varios días encerrado a oscuras en mi camarote sobre un lecho duro y húmedo. ¡Qué fresca y deliciosa es la brisa que me acaricia el rostro! ¡Qué alegría recobrar las fuerzas, recuperar la vida, cuando se ha estado en el umbral de la tumba! Cuando pienso que habría podido morir ahí, en ese rincón olvidado del mundo, lejos de todo lo que amo, sin haberme podido despedir de los míos, sin haber podido estrechar sus manos al menos una última vez… ¡Cuántos desdichados han muerto así! Muchos años después, el azar tal vez lleva hasta el lugar a algún explorador extranjero que descubre las huellas de los náufragos. «Parece que otros estuvieron antes aquí», dice, y este frío comentario es la única oración fúnebre

45

que se pronuncia en su memoria. ¡Con cuánta devoción agradezco al cielo que me haya ahorrado este lamentable destino!

Estamos apenas a tres kilómetros de la isla Adams y desde aquí distinguimos perfectamente los acantilados colosales contra los que rompe el mar aún agitado; de vez en cuando una ola se lanza contra una caverna produciendo una detonación que el viento trae hasta nuestros oídos. En el centro de la isla, uno junto a otro, se alzan dos conos parecidos a dos ubres. Musgrave acaba de medir la altura con el sextante: su cálculo indica que el más elevado hace unos setecientos cincuenta metros y el otro unos setecientos. Varios arroyuelos se deslizan por las montañas y forman una multitud de centelleantes cascadas; al llegar al límite del acantilado, toman su último impulso y, después de una larga caída, llegan al mar convertidos en un vapor blanco en el que la luz del sol se descompone, desplegando ante nuestros ojos todos los colores del arcoíris.

La belleza del panorama y la placidez del entorno me encandilan. Mi sangre, agitada hasta hace poco por la fiebre, circula ahora apacible por mis venas y apenas siento mi pulso. No creía que fuera posible experimentar un bienestar semejante. Mis compañeros parecen muy contentos de volver a verme en la cubierta, pues, al pasar junto a mí mientras se afanan en sus tareas, me dirigen unas palabras o una sonrisa.

Son las 3 de la tarde. Hemos bordeado la isla Adams y ya estamos ante la isla Auckland. Hacia el norte la costa parece irregular, interrumpida por numerosos promontorios, y en el horizonte, al nivel del agua, distinguimos varias hileras de arrecifes donde el oleaje, al romper, forma nítidas líneas de espuma que parecen prolongarse unas diez millas a lo largo del mar, hacia el noreste. Frente a nosotros se abre una magnífica bahía. La entrada, entre dos cabos que la encierran, debe de tener unos tres kilómetros de ancho. Esta bahía es el puerto de Carnley, y decidimos penetrar en ella en vez de continuar hasta el puerto Ross, también llamado bahía de Sarah, situado en el extremo norte del archipiélago.

IV

LA APARICIÓN DE LAS FOCAS —
LAS ISLAS AUCKLAND — UNA NOCHE
DE ANGUSTIA — EL NAUFRAGIO

El viento del oeste seguía soplando; aunque ligero, ahora venía de tierra adentro, desde la bahía, en pequeñas ráfagas. La goleta, con todo el velamen desplegado, bordeaba sin dificultad. Con unas pocas bordadas estuvimos entre las dos costas, donde el mar se encontraba relativamente calmo. George estaba al timón; Alick, colgado por fuera de los porta obenques, a los que se había atado de la cintura, lanzaba la sonda de vez en cuando; Harry preparaba la cena en la cocina. Mientras tanto, Musgrave escrutaba la costa con su vista agudísima. De pronto se me acercó, con el rostro iluminado:

—¡Buenas noticias! —exclamó—: si no me equivoco, aquí encontraremos lo que hemos buscado en vano en la isla Campbell; aún no estoy del todo seguro, porque están muy lejos, pero me ha parecido ver muchas focas en los peñascos de la orilla. Mire usted mismo. —Y me alcanzó el catalejo.

Como yo estaba en mitad del flanco del navío, y puesto que cada vez nos acercábamos más a la costa, efectivamente distinguí varios cuerpos negros echados sobre los peñascos.

—No hay duda alguna, son focas; ahí hay una que acaba de levantar la cabeza. Son muchas.

Fatigado, le devolví a Musgrave el catalejo.

Como hacía un día increíblemente hermoso y cálido para aquellos parajes, las focas, echadas al sol, dormitaban en las escarpaduras de los peñascos, unas junto al agua, otras a alturas considerables: costaba imaginar cómo habían llegado hasta allí unos animales en apariencia tan torpes. Algunas nadaban en las aguas de la bahía a la caza de sus presas.

El movimiento que hicimos al virar, el ruido de las velas

agitadas por el viento y el crujido de las poleas despertaron a varias, que se lanzaron al mar. En un instante, se acercaron en masa a la goleta, que para ellas debía de ser un objeto tan asombroso como sobrecogedor, pues no osaban acercarse demasiado; formaban en torno al navío un círculo que ninguna de ellas se atrevía a traspasar, aunque lanzaban una especie de rugidos, como si estuvieran irritadas al ver invadidos de aquel modo sus dominios. En la segunda bordada encontramos otras tantas en la costa opuesta. Evidentemente había muchas en la isla. Esta constatación nos alegró mucho y planeamos detenernos allí unos pocos días, el tiempo justo para llenar de aceite nuestros barriles, salar algunas pieles y luego regresar a Sídney cuanto antes sin haber sobresaltado demasiado a aquellos anfibios, de modo que pudiéramos regresar antes del invierno con veinticinco o treinta hombres para darles caza.

Con cada bordada nos adentrábamos más en la bahía, que, pasada la entrada, se ensanchaba hasta alcanzar unos seis o siete kilómetros y luego volvía a estrecharse en una península que pertenecía a la isla Auckland y sobresalía del agua formando una montaña cuya cima tenía unos ciento cincuenta metros de altura; más tarde la bautizamos península de Musgrave.

Con una sonda de cuarenta metros que tenía un peso de plomo de seis libras en el extremo, Alick seguía buscando el fondo, pero no lograba encontrarlo en ningún punto, ni siquiera a sesenta metros de la costa. Esto nos preocupaba, porque la brisa iba languideciendo poco a poco y, como parecía estar a punto de extinguirse, deseábamos poder echar el ancla antes de la noche.

El sol acababa de desaparecer detrás de las montañas y yo había regresado a mi camarote, donde llevaba durmiendo dos horas con el sueño dulce que provoca la convalecencia, cuando Musgrave, que acababa de descender para observar el barómetro, me despertó.

—No sé lo que se nos viene encima —me dijo—, pero hace nada acaba de ponerse feo: está negro como boca de lobo.

Como el barómetro no baja, espero que sólo sea una lluvia. Sin embargo, confieso que preferiría estar en alta mar en vez de entre estas dos islas. Si al menos hiciera un poco de viento podríamos mantenernos más o menos en medio del canal hasta que se hiciera de día, puesto que no hemos conseguido echar el ancla; pero con esta calma estamos completamente a merced de la marea.

—Pues sí —le respondí yo—, el flujo o el reflujo podrían arrojarnos contra los peñascos, y como está oscuro no podremos verlos.

—Sólo me tranquiliza una cosa —replicó Musgrave—, y es que el ruido de las olas rompiendo en la orilla aún se oye lejos; mientras sea así, estaré casi seguro de que estamos en el centro de la bahía.

Encendió su pipa y volvió a la cubierta, donde oí sus pasos yendo de un lado a otro por encima de mi cabeza durante un buen rato. A pesar de ser consciente de nuestra situación crítica, acababa de adormecerme otra vez cuando volvió a despertarme el ruido de una lluvia torrencial. También oí la voz de Musgrave dando instrucciones y entonces comprendí que por fin se había levantado brisa.

Durante toda la noche llovió sin interrupción. Al amanecer nos encontrábamos a la altura de la península y podíamos ver un largo brazo de agua que avanzaba hacia el sur y luego giraba al oeste, mientras que otra parte de la bahía se extendía al norte. Tomamos este segundo paso.

Nada más sortear el extremo de la península, vimos que la bahía se dividía de nuevo en dos brazos. Seguimos al norte y enseguida nos adentramos en una magnífica piscina natural; estaba rodeada de altas montañas excepto al oeste, donde había una gran depresión que una pequeña colina dividía en dos estrechos valles, cada uno de ellos regado por un arroyo que desembocaba en el fondo de la bahía.

La costa estaba llena de angulosos acantilados verticales que, sin embargo, no tenían más de diez metros de altura. Aquí y allá algunas manchas verdes llamaban la atención: eran placas de plantas marinas que indicaban la presencia de arrecifes al nivel de la superficie. En el fondo de la bahía podíamos atisbar algunas playas estrechas cubiertas de guijarros o de pedruscos de los acantilados, pero arena no veíamos en ningún rincón.

Hacia las tres del mediodía la lluvia había cesado, el viento soplaba con algo más de fuerza y la goleta seguía bordeando. Llegamos así a una bahía (más tarde la bautizamos bahía del Naufragio) donde, tras tocar por fin fondo, mis compañeros, agotados, echaron el ancla a siete brazas la tarde del 2 de enero. Era sólo un anclaje provisional; en cuanto saliera el sol nos proponíamos buscar otro donde estuviéramos más a cubierto. Desgraciadamente, dos horas más tarde nos vimos obligados a echar la segunda ancla para resistir un golpe de viento del noroeste que se levantó de pronto.

No tardamos en darnos cuenta de que era difícil estar peor situados: si el viento seguía soplando del oeste el peligro era inminente. De hecho, estábamos fondeados tan cerca de la isla que apenas teníamos el espacio necesario para bordear sin chocar contra los peñascos. Se nos ocurrió huir de allí y volver a alta mar para aguardar a que pasara el temporal, pero enseguida nos dimos cuenta de que no podríamos lograrlo sin arriesgarnos a un peligro aún mayor, pues un poco más allá se encontraba una punta contra la cual la goleta habría encallado indefectiblemente antes de alcanzar una ruta que nos permitiera maniobrar sin peligro. De modo que preferimos permanecer donde estábamos hasta que amaneciera, confiando en que el nuevo día trajera un cambio de tiempo o por lo menos nos permitiera ver con más claridad nuestra situación.

El viento, que soplaba con mucha fuerza, por momentos parecía querer calmarse un poco, pero pronto volvía a bufar con gran ímpetu. A las diez y media, después de uno de esos intervalos durante los cuales el genio de la tempestad parecía descansar un instante, aunque sólo para recobrar el aliento, un violento chaparrón que trajo consigo una lluvia —o más bien una tromba— de agua salada golpeó la goleta con furia. En ese momento oí en la proa la voz de Alick gritando que una de nuestras cadenas acababa de romperse. La noticia nos sumió en una profunda consternación. A partir de ese momento, una sola ancla —no teníamos ninguna otra para echar al agua— era insuficiente para retenernos y empezamos a desviarnos hacia la costa.

A medianoche notamos el primer choque; fue ligero, pero le sucedieron otros, cada vez más fuertes: íbamos acercándonos a los peñascos. Cada nueva sacudida nos encogía el corazón; para nosotros era el anuncio cada vez más certero de la triste suerte que nos aguardaba. Sin embargo, conservábamos alguna esperanza: habíamos encallado en marea baja y el flujo, que ahora ascendía rápidamente, iba echando más agua bajo la quilla. Además, la tempestad podía calmarse durante las cuatro horas que duraría la marea. Por su parte, el *Crafton* estaba tan bien armado y tenía un armazón tan sólido que, a pesar de los violentos golpes que ya había recibido, el casco seguía sin dejar que se filtrara una sola gota de agua.

Desgraciadamente, esta última esperanza nos fue arrebatada muy pronto: en vez de disminuir, la tempestad arreció y el viento se convirtió en un auténtico huracán que, a medida que el nivel del agua subía, nos empujaba a toda velocidad contra la costa. Al cabo de unos instantes notamos un golpe más violento que los anteriores y a continuación un crujido espantoso: ¡se producía finalmente el desastre tan temido! La quilla acababa de chocar contra una roca que le arrancó un trozo (al día siguiente encontramos los restos en la costa). El mar se colaba por el boquete y en poco tiempo había invadido el interior del navío, que a partir de entonces se mantuvo clavado en su sitio. Las olas, sin embargo, rompían contra el flanco de la embarcación con fuerza y, pasando por encima, barrían la cubierta o se llevaban por delante alguna parte de la borda. Apenas tuvimos tiempo de transportar a la cubierta las pocas provisiones que nos quedaban, así como nuestros instrumentos y enseres; los amarramos firmemente contra la escotilla de la cabina —que, como estaba situada en la popa, era el lugar menos expuesto— y los cubrimos con una tela alquitranada, bajo un pedazo de la cual, acuclillados, empapados y ateridos, los cinco nos apretujamos aguardando a que amaneciera.

Como aún estábamos en mitad del verano austral, al cabo de una hora vimos despuntar los primeros fulgores del alba. ¡Una hora! Es un tiempo insignificante cuando estamos protegidos, en la seguridad de la vida ordinaria, pero en la horrible situación en la que nos hallábamos, expuestos en todo momento a ser arrancados de nuestro refugio y arrojados al mar, es decir, en riesgo de morir ahogados sin remedio o destrozados contra los peñascos, ¡con qué desesperante lentitud pasan los minutos!

Cuando por fin amaneció, mis compañeros salieron de debajo de la tela que nos había dado cobijo para echar un vistazo afuera. El viento soplaba con la misma furia, la lluvia seguía cayendo, o más bien fustigándonos, casi horizontalmente. De vez en cuando una fuerte ráfaga levantaba enormes olas y lanzaba la espuma, como una espesa nube, a muchos metros de altura. El mar embravecido golpeaba los costados de la goleta y luego, más calmado, iba a romper contra los peñascos de la orilla, a unos cincuenta metros de allí: el *Grafton*, que ya no era más que una ruina, bloqueaba el paso de las olas al estrecho espacio que nos separaba de la tierra firme y protegía un poco aquella parte de la costa de la furia del mar.

Nuestro bote salvavidas, una frágil embarcación de cuatro metros de largo por un metro y medio de ancho, con una profundidad de medio metro, construido con tablones de cedro de un centímetro de grosor, estaba atado con fuertes amarres encima de la cubierta de la goleta: su lugar habitual. A pesar de ser ligero, como tenía la quilla en alto, formaba un arco sólido que hasta entonces había resistido los embates del agua.

Se trataba de ir a desatarlo y echarlo al mar para alcanzar la costa, lo que suponía un riesgo enorme, pero también nuestra única posibilidad de salvación, pues temíamos que en cualquier momento el *Grafton* cediera a las acometidas incesantes de las olas, que parecían empeñadas en destrozarlo. Sin mayores accidentes, salvo algunos golpes, mis compañeros consiguieron echar el bote por la borda. Un instante después flotaba al socaire del navío.

Aunque, desde el punto de vista utilitario, yo no valía mucho más que los despojos del barco que mis compañeros se disponían a abandonar, no quisieron dejarme. En cuanto hubieron colocado en la barquilla una parte de los objetos que habíamos subido a cubierta, me ayudaron a descender al bote junto con ellos. Musgrave tomó uno de los cabos más largos que habíamos cogido, lo ató a un anillo de hierro que el *Grafton* llevaba fijado a uno de los flancos y dejó que se fuera desenrollando y deslizando entre sus manos hasta que estuvimos muy cerca de los peñascos; entonces lo anudó a la popa del bote de modo que éste, a pesar del viento y del mar que lo empujaban contra la costa, no pudiera avanzar. Una vez hecho esto, Alick tomó un segundo cabo, uno de cuyos extremos fijó en la proa de la pequeña embarcación y, después de atarse el otro extremo a la cintura, arriesgando su vida, se lanzó al mar.

Éste fue otro momento de gran inquietud, pues nuestra salvación dependía de la fuerza y la destreza de Alick; pero él, tras su aparente retraimiento, ocultaba un corazón valeroso y, como la mayor parte de sus compatriotas, era un nadador excelente. El mar se alzaba y se agitaba a su alrededor, pero él conservó la sangre fría: dejó que las olas rompieran y luego, con dos vigorosas brazadas, alcanzó la punta de un peñasco al que logró aferrarse. Mientras una ola se retiraba, y antes de que llegara una nueva y lo arrancara de su asidero, trepó hasta un peñasco más elevado donde las olas no podían alcanzarlo. Momentos después ataba con fuerza el otro extremo del cabo a un árbol junto a la orilla.

El cabo, tensado con fuerza entre aquel árbol y la barquilla, dibujaba una empinada pendiente. Fijamos los dos extremos de otro cabo a una polea y, luego de lanzarle un extremo a Alick y retener el otro en el bote, le pasamos a nuestro camarada la tela alquitranada; él la dispuso en torno al tronco del árbol, en forma de tienda, y allí fue colocando nuestras cosas poco a poco. Entonces llegó mi turno: Musgrave me subió a sus espaldas, me ató bien a su cuerpo, tomó impulso y, aferrándose a la polea, saltó.

El trayecto, que era una auténtica ascensión, no careció de peligros y dificultades. Como pesábamos bastante más que cualquiera de los bultos que nos habían precedido, la cuerda se curvó muchísimo, sosteniéndonos apenas por encima del rompiente. Poco antes de llegar a la orilla temí que Musgrave, agotado e impotente, se soltara de la polea: como estábamos atados, ambos nos habríamos ahogado; pero Alick acudió a rescatarnos y nos ayudó a subir al peñasco. Finalmente, George y Harry se unieron a nosotros siguiendo el mismo procedimiento. En cuanto al bote, lo dejamos donde estaba, bien atado al cabo.

Como en el bote sólo cabían unas pocas cosas, habíamos llevado apenas lo indispensable: un pequeño tonel que contenía más o menos cien libras de galleta y otro con unas cincuenta libras de harina, dos libras de té y tres de café en dos frascos de hojalata, un poco de azúcar —tal vez unas diez libras—, una pequeña cantidad de carne salada —a lo sumo una docena de trozos de buey y dos trozos de cerdo—, menos de una libra de pimienta, medio tarro de mostaza, un poco de sal, seis libras de tabaco americano —que nos pertenecía a Musgrave y a mí, pero que compartíamos con todos— y una pequeña tetera de hierro que Harry, nuestro cocinero, utilizaba para hervir el agua dulce.

El resto —varios sacos de sal, el cofre donde Musgrave guardaba sus mapas, los instrumentos de navegación y la mayor parte de sus efectos; el mío, en el que se encontraban mi sextante y mi fusil; una caja donde habíamos colocado los diversos objetos de cocina, platos, cuchillos, tenedores, etcétera, que usábamos para servir la mesa en el camarote y una gran marmita de hierro destinada a fundir la grasa de las focas que debíamos cazar—, amarrado a la escotilla y cubierto con un pedazo de tela alquitranada, se quedó en el *Grafton*.

V

UN MOMENTO DE DESESPERACIÓN —
NUESTRO CAMPAMENTO — UN DUELO ENTRE
LEONES DE MAR — CAPTURA DE UNO
DE ESOS ANIMALES

El viento seguía soplando con fuerza y la lluvia no daba tregua. Empapados desde la víspera, tiritábamos de frío. Lo primero que pensamos fue en encender una hoguera, pero ¿cómo? Ninguno de nosotros tenía un yesquero. De pronto Harry lanzó un grito de alegría: rebuscando en sus bolsillos había encontrado una cajita de fósforos. Pero, desgraciadamente, el agua de mar los había humedecido. Al oír a Harry, George se había acercado al matorral más cercano y traía un puñado de ramitas bastante secas que había cortado del tronco. Harry tomó entonces uno de los fósforos y lo frotó suavemente para encenderlo, pero en vano. Probó con un segundo, con un tercero, con un cuarto fósforo, pero fue inútil: no querían prender. Los demás habíamos formado un círculo a su alrededor y, conteniendo la respiración, aguardábamos ver una chispa. Harry se detuvo un instante, desanimado, pero luego volvió a insistir; al cabo de un momento escuchamos un leve crepitar, ¡ah, cómo palpitaron nuestros corazones! Nos apiñamos a su alrededor para formar un parapeto contra el viento y proteger la débil llamita. Muy pronto estalló un alegre chisporroteo, ¡nuestra hoguera acababa de encenderse! Alick corrió de inmediato a llenar la tetera en un arroyuelo de agua dulce que corría cerca de allí y la colocó sobre el fuego. Un cuarto de hora más tarde teníamos un té que acompañamos con un poco de galleta mientras nos calentábamos las manos y los pies helados.

Cuando terminamos nuestra colación, cada uno de mis compañeros se fue por su lado en busca de alguna gruta o de cualquier cavidad donde pudiéramos transportar nuestras provisiones y guarecernos del mal tiempo. Antes de alejarse habían recogido en los alrededores unas cuantas ramas secas y las habían apilado junto a mí; como, a causa de mi debilidad, yo no servía para mucho más, durante su ausencia debía ocuparme de mantener encendida aquella hoguera tan preciada para nosotros como sagrada lo había sido antaño para las vestales, las sacerdotisas vírgenes de la antigua Roma. Como ellas, no debíamos permitir que la llama se apagara, y también a nosotros nos iba en ello la vida.

Mientras cumplía mi misión, me sorprendió darme cuenta de que el mismo suelo ardía y un hoyo iba formándose bajo la hoguera. Conjeturé entonces algo que más tarde pude comprobar: que aquel suelo era una especie de turba cenagosa, producto de la descomposición de los desechos vegetales sobre la roca. Era mullido, esponjoso, y siempre estaba empapado. En el litoral tenía entre uno y dos metros de espesor y, a medida que el terreno se elevaba, iba perdiendo grosor.

Una vez que me quedé solo, librado a mis pensamientos, es fácil imaginar en qué tristes cavilaciones me sumí. Me puse a pensar en mi familia y en mis seres queridos, y en ese momento los amé con redoblada ternura. Me separaba de ellos un hemisferio entero. ¿Cómo y cuándo saldría de aquel islote perdido en medio de los mares, más allá de los confines del mundo habitado? ¡Tal vez jamás! Me invadió una desesperación atroz, sentí que el corazón se me salía del pecho y que me faltaba el aire; unas lágrimas incontenibles rayaron mis ojos y me eché a llorar como un chiquillo.

Después de este arrebato de tristeza conseguí calmarme. De pronto recordé una máxima que había escuchado muchas veces y que sin duda había repetido sin prestarle atención: «Ayúdate y el cielo te ayudará»; aquella frase cobró para mí un sentido nuevo, profundo y luminoso. Me di cuenta de que, en la situación en la que nos hallábamos, abandonarse a la desesperación era perderse, era invocar a la muerte. A partir de aquel momento tomé la firme resolución de luchar, de ahuyentar los pensamientos sombríos que me habían asaltado, y sentí la urgencia de ser tan útil como me fuera posible a mis camaradas, que tanto habían hecho por mí. Animado por este deseo, hice acopio de mis fuerzas y salí de la pequeña tienda bajo la que estaba embutido entre los objetos salvados del naufragio. Sosteniendo con una mano la tetera vacía y apoyándome con la otra en las ramas que me quedaban a mano, paso a paso conseguí llegar hasta el arroyuelo. Una vez allí, a pesar de que apenas había recorrido cuarenta metros, tuve que sentarme un momento en un tronco para descansar. Momentos después llené la tetera y, orgulloso de mi hazaña, volví para ponerla al fuego y sorprender a mis compañeros ofreciéndoles un agradable té caliente cuando regresaran, pues seguro que los pobres, fatigados y empapados, lo tomarían con mucho gusto.

Una hora más tarde empezaron a regresar, uno a uno, calados hasta los huesos y con la cabeza gacha: no habían encontrado ningún refugio. Sentados alrededor del fuego, pegados unos a otros bajo la tienda, que decididamente era demasiado pequeña para dar cabida a hombres y provisiones, deliberamos sobre qué nos convenía hacer para resolver nuestra difícil situación. George y Harry estaban desanimados y sólo tenían quejas. Lamentaban no haber muerto ya, haber obedecido ciegamente al instinto de conservación al refugiarse en aquel peñasco que tan raras veces visitaban los navíos y donde probablemente estábamos condenados a morir tras una larga agonía. Alick, frunciendo el ceño, más taciturno que nunca, no decía palabra; Musgrave, crispado y lívido, se esforzaba visiblemente por contener su dolor.

—¡Valor, amigos! —les dije yo—: Dios no abandona a quienes creen en Él.

Y dirigiéndome más particularmente a Musgrave, le recordé la promesa de nuestros socios.

—Si se acuerdan de la promesa —me respondió— irán a

buscarnos a la isla Campbell, y eso sólo dentro de tres o cuatro meses. Pero quién sabe si la cumplirán. Deben imaginarse que hemos encontrado la mina de estaño y que hemos iniciado los trabajos para explotarla, pero ¿estarán dispuestos a que otros, al ir tras nuestras huellas, descubran la mina y pidan antes que ellos la concesión de la isla al gobierno? Diría que el interés no les recomendará hacerlo...

—Por grande que sea el poder del interés en el corazón de los hombres —repliqué— no hay que temer semejante acto de inhumanidad. Conozco a Sarpy, es un amigo de infancia, respondo de su lealtad. En cuanto a su socio, es pariente de usted, y ese vínculo es una garantía de que no faltará a su palabra. El navío que manden a la isla Campbell, al ver que hemos partido, vendrá inevitablemente a buscarnos a las Auckland, que están en el camino.

—Pero... ¿y si no es así? —murmuró Musgrave—. ¡Ay! ¡Mi pobre mujer! ¡Mis pobres hijos! ¿Qué será de ellos sin mí?

Y, abatido por la tristeza, este hombre normalmente tan fuerte, que mantenía la flema ante el peligro, ocultó el rostro entre sus manos y se echó a sollozar. George y Harry permanecían callados: todos habíamos enmudecido ante las muestras de dolor de nuestro desdichado compañero. No nos atrevíamos ni siquiera a mirarlo a la cara, estábamos conmovidos, su imagen nos inspiraba gran respeto y profunda compasión. Tras darle tiempo para que se repusiera un poco, volví a tomar la palabra:

—No deberíamos dejar —dije— que una prueba como ésta nos abata. Somos hombres, demostrémoslo. Por mi parte tengo fe, y creo que deberíamos hacer todos los esfuerzos para salir adelante y vivir lo más cómodamente que sea posible mientras esperamos a que vengan a rescatarnos, lo cual terminará ocurriendo tarde o temprano.

Mi aparente seguridad devolvió el coraje a mis compañeros.

—¡Vamos a intentarlo! —dijeron.

Convinimos en que yo permanecería en tierra para vigilar el fuego mientras ellos intentaban regresar al *Grafton* con el bote para recuperar algunas velas, cabos y tablones con los que pudiéramos construir una tienda un poco más cómoda que nuestro miserable refugio. Pusieron manos a la obra y, a pesar de los vientos y de la mala mar, su misión fue un éxito. Regresaron con todos los materiales necesarios y enseguida se adentraron en la maleza para buscar un lugar conveniente donde establecer nuestro campamento.

La maleza era muy densa, casi impenetrable, al menos en la orilla, donde, como ya he dicho, el manto de turba era más espeso. Todo estaba cubierto de una maraña de arbustos, matorrales, helechos, hierbajos de todo tipo, que dominaban tres especies de árboles. El más notable de los tres era una suerte de quebracho con la corteza fina y el tronco de treinta o cuarenta centímetros de diámetro, cuyo tronco se retorcía de un modo extrañísimo, lo cual posiblemente se debiera a la lucha incesante que tenía que librar contra los vientos. Se diría que, aprovechando las treguas, se apresuraba a crecer como es debido y a elevarse perpendicularmente hasta que un nuevo asalto lo abatía y entonces volvía a curvarse, a retorcerse, a humillarse para, rebelándose por última vez, elevarse abruptamente y derrumbarse por fin, vencido, en tierra. En ocasiones estos árboles no conseguían medrar y reptaban por el suelo: quedaban enterrados a tramos bajo montículos de turba en los que crecía la vegetación, mientras que las partes visibles lucían cubiertas de musgo de todo tipo. Las ramas más gruesas compartían la misma suerte que el tronco; como él, intentaban primero ascender hacia el cielo y luego, obligadas a renunciar, se resignaban a crecer horizontalmente. Pese a todo estaban llenas de un espeso follaje que daba abrigo, como si fuera un tejado, a un mundo subalterno de arbustos, brezales y vegetación palustre. De las otras dos especies de árbol, una era un pequeño pino de montaña y la otra un árbol de madera blanca y anchas hojas verdes.

Después de haber explorado la maleza, mis compañeros

escogieron un lugar donde la vegetación era menos tupida y terminaron de desbrozarlo. Se habían ocupado de traer del navío dos picos, dos palas de hierro y un hacha que habíamos decidido llevar en previsión de las excavaciones que debíamos hacer en la isla Campbell. Junto con una barrena, una azuela y un martillo, constituían todas nuestras herramientas. Una vez el terreno estuvo desbrozado y nivelado, plantaron allí la tienda.

Mientras ellos se ocupaban de esto, yo había añadido a mi función de vestal la de chef y preparaba la cena, que, lo admito, no me exigía demasiado talento culinario, pues nuestro menú consistía simplemente en un pedazo de carne de res salada, que había echado a hervir, acompañada de galleta y té. Después de la colación, Musgrave me ofreció su brazo y me condujo a nuestra nueva vivienda, adonde también habíamos llevado las provisiones. Frente a la entrada encendimos una gran hoguera que nos turnaríamos para mantener encendida durante la noche; luego nos echamos en el suelo sobre unos tablones y procuramos descansar un poco.

Todavía no había anochecido, el crepúsculo me dejaba ver los objetos que nos rodeaban y mis compañeros, fatigados, habían empezado a adormecerse cuando oí un montón de ruidos extraños: eran los leones de mar que abandonaban las aguas de la bahía, donde habían estado cazando durante el día, y venían a refugiarse en la maleza para pasar la noche. Pude oír las voces de las hembras que llamaban a sus crías, muy numerosas en esa época del año, sin duda para amamantarlas. De vez en cuando resonaba el rugido de algún macho. Al poco sentí acercarse por todas partes un siseo de hierbas acompañado de jadeos y carraspeos roncos, seguido de un alboroto aún mayor que tapó el anterior; las ramas crujían al romperse, sonaban golpes secos, como si alguien pegara en el suelo húmedo con un sacudidor.

Mis compañeros despertaron sobresaltados y se levantaron. Alick, el primero en ponerse en pie, asió el hacha. Los otros, cada uno con una estaca a manera de garrote, salieron de la tienda. Llevado por la curiosidad, los seguí. A unos pocos pasos de nuestro campamento, dos leones marinos libraban batalla. Nuestra aparición no los inquietó en absoluto: siguieron peleando encarnizadamente ante nosotros. Cada uno debía de medir unos dos metros y medio de largo y más o menos dos metros de ancho a la altura del lomo, bajo el cual su cuerpo se estrechaba hasta terminar en dos aletas recubiertas de un pelo corto, prieto, liso, de color chocolate. Las aletas delanteras, de un ancho de cuarenta a cincuenta centímetros y unidas al cuerpo por un brazo corto y recio, estaban cubiertas de un pelaje espeso, rizado y negro, y el lomo, así como el cuello y una parte de la cabeza, de una densa melena de color gris oscuro que, durante el combate, los dos contendientes tenían erizada y de vez en cuando sacudían con furia. Erguidos frente a frente con los ojos inyectados en sangre y las fosas nasales abiertas, aquellos monstruos resollaban ruidosamente, abrían la inmensa boca, a ambos lados de la cual tenían unos bigotes tiesos, y mostraban sus formidables dientes. Se lanzaban contra el otro una y otra vez para morderse, arrancándose en ocasiones grandes pedazos de carne o haciéndose cortes de donde manaba la sangre a borbotones. Exhibían una audacia, un vigor y una furia realmente dignos de su homónimo terrestre, el rey de la sabana africana.

Después de contemplar durante un rato aquel curioso espectáculo, decidimos poner fin a la batalla, puesto que el ruido nos impedía dormir. A George y Harry se les ocurrió ir a buscar unos tizones encendidos y arrojarlos entre los contendientes. El procedimiento fue un éxito: ante aquel enemigo desconocido que les quemaba los costados, los dos leones marinos retrocedieron lanzando rugidos y cada uno se perdió por su lado en la maleza, aunque por lo visto su rencor no se había apaciguado, porque al poco los escuchamos volver a la carga, pero a suficiente distancia como para no importunarnos.

Pese a que era una noche apacible, echados en nuestros tablones duros y húmedos sólo pudimos disfrutar de un sueño precario, agitado por constantes pesadillas, y por la mañana despertamos entumecidos, enfebrecidos y más fatigados que al acostarnos. La lluvia había cesado y el viento había amainado un poco; las nubes se abrían en algunas zonas y nos dejaban ver pedazos de cielo azul. Alrededor de la tienda descubrimos huellas de leones marinos; algunas estaban aún frescas, pero los anfibios parecían haber desaparecido y regresado al mar. Sin embargo, al retirarnos oímos un ligero roce en la maleza cercana que denunciaba la presencia de algún rezagado que se disponía a alcanzar la orilla. Deseosos de conocer el sabor de la carne de aquellos animales —que al poco terminarían convirtiéndose en nuestro único alimento—, mis camaradas, blandiendo el hacha y los picos, se pusieron a perseguirlo. En medio de aquella inextricable maraña de vegetación, el animal tenía mucha ventaja: mientras que a ellos se les enredaban los pies en las hierbas altas y con cada paso estaban a punto de caer en un hoyo o en una zanja, o se veían obligados a sortear penosamente los troncos de los árboles de los que he hablado, el león marino se escabullía fácilmente bajo la maleza y se acercaba al mar. Escuché varias veces a los cazadores preguntarse unos a otros por qué lado había desaparecido el animal, detenerse y quedarse en silencio para prestar oídos hasta que, guiados por algún signo, reanudaban de pronto la persecución. El tejemaneje duró casi media hora: el animal los llevó tan lejos que dejé de oír el ruido de sus pasos e incluso el de sus voces. Finalmente resonaron voces y comprendí que mis compañeros habían alcanzado al fugitivo y le habían dado caza. En efecto, algún tiempo después los vi reaparecer llevando cada uno de ellos a sus espaldas una parte del animal.

El retorno no careció de dificultades: habían seguido la orilla del mar para no tener que volver a adentrarse en la maleza, pero en ciertos tramos se vieron obligados a meterse en el agua, que les cubría hasta la cintura, para rodear la base de un acantilado que se precipitaba en el mar, y en otros a escalar escarpadas rocas, cargados como iban; en el primer caso se exponían a que los arrastrara la corriente y, en el segundo, a caer en algún profundo precipicio. Afortunadamente no ocurrió ni lo uno ni lo otro, y llegaron sanos y salvos, con la espalda inclinada bajo el peso de sus cargas, las ropas empapadas de agua salada y manchados de la sangre aún caliente del león marino.

Tras lavarse en el agua clara del arroyo y secarse frente a un estupenda hoguera, dieron buena cuenta de la comida que les preparé, después de lo cual Musgrave, George y Alick aprovecharon la marea baja para ir a bordo del *Grafton* a buscar los objetos que no habíamos podido recuperar aún y que habían quedado en la cubierta. Mientras tanto, Harry y yo nos ocupamos de las tareas domésticas. Sacamos de la tienda y pusimos a secar al aire libre las provisiones, las herramientas e incluso los tablones sobre los que nos acostábamos, todo lo cual la lluvia o el mar habían empapado y habíamos tenido que meter deprisa y corriendo. Luego encendimos una gran hoguera para secar también el suelo y sanear en la medida de lo posible nuestro hogar.

VI

LAS MOSCAS AZULES —
LOS PÁJAROS — NUESTRO PRIMER LEÓN MARINO
ASADO — EL PROYECTO DE CONSTRUIR UNA
VIVIENDA — LA ORACIÓN EN COMÚN

Existe en las Auckland una cantidad increíble de inmensas moscas azules. Menos delicadas que nuestras moscas europeas, resisten al frío y sobreviven a todas las estaciones. Incluso en invierno siguen activas y ponen sus larvas, sobre todo en las épocas de lluvias intensas y de nieblas, y en general siempre que hay humedad; y como en las Auckland la humedad, las tempestades y las nieblas reinan casi sin interrupción, la región es para ellas un auténtico paraíso. Ponían sus larvas en los pedazos de madera podrida, en los helechos en descomposición o incluso en las plantas que los leones marinos aplastaban al pasar, pero sus lugares predilectos eran aquellos en donde los animales dormían: allí se reunían en masa. Aquellos insectos repugnantes fueron desde un principio una plaga contra la cual tuvimos que tomar todo tipo de precauciones. Muchísimas de ellas se habían metido en nuestra tienda dejando por todas partes huellas de su presencia; a medida que Harry removía los objetos se alzaban nubes enteras y, como no querían salir de allí, iban a posarse sobre las paredes. Sin embargo, tan pronto como encendimos el fuego se agitaron, se echaron a volar, estuvieron arremolinándose y produciendo un zumbido insoportable durante un buen rato hasta que por fin abandonaron el interior de la tienda.

«No hay mal que por bien no venga», dice el refrán, que también en esta ocasión podía aplicarse. Aquellas moscas que tanto nos importunaban atraían a unos pajarillos encantadores cuya compañía y cuyo canto —sobre todo esto último— nos fueron inmensamente gratos. Como jamás nadie los había asustado, venían a aletear a nuestro alrededor y se posaban en las ramas de los arbustos, al alcance de la mano. El primero que nos visitó fue un ruiseñor azul. Tenía el pecho grisáceo coronado por una pinta roja y su canto era cristalino y suave. Muchos de estos pajarillos se congregaban alrededor de la tienda y nos clavaban sus ojitos atentos inclinando la cabeza hacia delante, sin perder detalle de nuestros movimientos. Les encantaban las moscas: las cazaban al vuelo o bien venían a tomarlas de nuestros dedos, cuando se las ofrecíamos, o de nuestras ropas, donde se posaban en cuanto nos quedábamos inmóviles.

También teníamos otros vecinos en la maleza: unos loritos verdes de cabeza roja cuya presencia en aquella isla de clima frío y húmedo nos asombró mucho la primera vez que los vimos. Por lo general, a estos pájaros sólo se los encuentra en los trópicos o en las regiones próximas a éstos, pero nuestros loritos parecían muy adaptados y plenamente satisfechos de su suerte. No me parece imposible que algún huracán del norte trajera varios ejemplares de esta especie desde Nueva Zelanda; al encontrar en las Auckland arbustos y follaje perenne para abrigarse, así como una gran abundancia de semillas que comer, debieron de aclimatarse sin dificultad.

Sin embargo, la especie más común y al mismo tiempo la más interesante que habitaba en la isla era un pájaro de un verde parduzco con la espalda levemente anaranjada, insectívoro como el ruiseñor y no menos entusiasta de las moscas. Era más o menos del tamaño de un canario y, como éste, de una locuacidad inagotable. Tanto si hacía bueno como si no, cantaba a pleno pulmón. Siempre que atravesábamos la maleza nos rodeaba una multitud de estos amables pajarillos cantarines, ya fuera aleteando a nuestro alrededor o posados en las ramas cercanas, de modo que nos sentíamos como en medio de un concierto. Al cantar, hinchaban las plumas y se volvían unos hacia otros como si quisieran alentarse. A veces, para darles aún más ánimos, silbaba alguna melodía; se producía entonces una explosión armónica: los pajarillos cantaban todos a la vez y yo tenía la impresión de que me encontraba dentro de una enorme pajarera.

También convivimos, aunque con menor frecuencia, con un pájaro negro del tamaño de un mirlo. Las plumas de su cuello eran largas y con reflejos de color bronce, como las de un gallo, y en el pecho tenía dos grandes plumas blancas que recordaban el alzacuellos de un sacerdote anglicano. Un pájaro de presa se cebaba con estos inofensivos pájaros cantores: un halcón similar al de Europa, muy común en las Auckland. Los veíamos muchas veces, posados en parejas, en los árboles muertos de la costa, inmóviles, silenciosos, con la cabeza medio hundida en el tronco y los grandes ojos escrutando el espacio.

Cuando, en medio de la humareda de nuestra fogata, logramos librarnos de las nubes de moscas que habían invadido la tienda, nos ocupamos del león marino que mis compañeros habían cazado. Era una hembra de un año de edad y unos cien kilos de peso. La piel, que Musgrave había traído, estaba cubierta de un pelaje corto, liso, marrón con reflejos plateados. Harry dividió un trozo de jarcia en varias hebras y con ellas colgó un cuarto de la bestia de la rama de un árbol. Yo encendí una gran hoguera debajo y me puse a asar la carne haciéndola girar de tanto en tanto con una rama que había cortado de un árbol cercano, de modo que quedó al punto cuando llegó la hora de cenar.

Los compañeros regresaron al campamento hacia el mediodía. Traían consigo la brújula del *Grafton*, que Musgrave había desmontado, algunas velas, todos los utensilios de cocina y de mesa que habían podido salvar, la gran marmita de hierro y nuestros baúles. También habían dejado en la costa, fuera del alcance de las olas, todos los toneles vacíos.

Poco después, sentados en círculo en los tablones colocados delante de la tienda, dimos buena cuenta de unos buenos trozos de carne de león marino asado. Aquella carne oscura, mala, grasienta, que tan poco agradable resultaba al olfato y al paladar, nos pareció un pobre regalo, pero debíamos acostumbrarnos a ella: si nos repugnaba la carne de un ejemplar joven, ¿qué sería de nosotros cuando no nos quedara más remedio que comer la de uno viejo? Era muy posible que no siempre tuviéramos la posibilidad de escoger nuestra presa.

Cuando hubimos satisfecho nuestro apetito, que no nuestro paladar, abrimos los baúles para poner a secar los objetos que contenían. Por suerte, la pólvora que yo guardaba en el mío venía en unas cajas de hojalata herméticamente cerradas y no se había mojado. El cronómetro de Musgrave tampoco había sufrido ningún daño gracias al estuche que lo protegía: ni siquiera se había detenido, a pesar de los golpes. Los otros instrumentos eran nuestro sextante, el barómetro metálico y un termómetro Farenheit. Desafortunadamente, el agua había echado a perder todo lo demás: las cartas náuticas, los pocos libros que habíamos llevado y algunas prendas de ropa (también pocas, puesto que pensábamos que sería un viaje corto). Mi fusil estaba cubierto de herrumbre; mientras me ocupaba de limpiarlo, mis compañeros tendieron en las ramas de los árboles la ropa y algunas telas, y encendieron una hoguera para que se secaran. Cuando anocheció recogimos todos los objetos y los metimos en la tienda. Aquella noche, envueltos en prendas secas, conseguimos disfrutar de un poco de bienestar y de reposo, pero la lluvia que cayó durante la noche nos recordó que nuestra casa de tela era un refugio precario en un clima como aquél, así que, en cuanto amaneció, empezamos a acariciar la idea de construirnos una morada más confortable: una choza de madera.

Aunque todavía me costaba andar, sentía que empezaba a recuperar las fuerzas. Acompañé a mis compañeros hasta la desembocadura del arroyo que pasaba cerca de nuestra tienda. Iba a dar a la bahía, casi enfrente del navío varado. Justo al lado había una playita cubierta de guijarros: la despejamos cuanto pudimos para dejar nuestro bote en tierra, fuera del alcance de la marea y las olas. Cerca de allí había un pequeña elevación, más bien un montículo, de unos diez metros de altura a lo sumo, que, como el resto del litoral, estaba cubierto de una vegetación espesa. Como deseábamos alejarnos lo menos posible del *Grafton*, aquel lugar nos pareció el más conveniente para erigir nuestra vivienda, sobre todo porque su relativa elevación debía hacer más fácil mantenerla a salvo de la humedad.

Durante tres días, Musgrave, George y Alick, estuvieron ocupados cortando árboles y amontonándolos a un lado del montículo. Harry cocinaba y de vez en cuando iba a echarles una mano. En cuanto a mí, como no podía hacer un trabajo tan agotador, me puse a arreglar las ropas rotas de mis camaradas. Despejado el suficiente terreno, todavía tuvieron que emplear un día entero en nivelar el suelo y, al día siguiente, como los árboles de la isla sólo proporcionaban una madera irregular, llena de protuberancias y nudos, completamente inadecuada para la construcción, recurrieron al *Grafton* para sacar de él los materiales necesarios. Las vergas y los mástiles más ligeros se destinaron a la estructura de nuestra casa.

Durante esos cinco días llovió constantemente: una borrasca por momentos incluso más fuerte que la que nos había hecho naufragar. Cuando por fin cesaron la lluvia y el viento, el cielo siguió cubierto, lleno de nubes negras y cargadas que no dejaban pasar más que una tenue luz, una especie de crepúsculo grisáceo y lúgubre, ¡y estábamos en pleno verano!

Abro mi diario y leo las siguientes anotaciones:

«Hoy, domingo, una brisa ligera del oeste se ha llevado las nubes; por fin vemos el cielo, de un azul luminoso, sobre nuestras cabezas. La naturaleza que nos rodea, y que bajo el poderoso huracán nos parecía tan hostil, tan salvaje, tan inhóspita, está como transformada: parece dulce, sonriente... ¿debemos de ver en ella un presagio afortunado, una promesa de felicidad, de nuestra próxima liberación? ¿O bien el Creador quiere, mediante este gesto amable, conmover nuestros corazones, reprocharnos benévolamente nuestro olvido, nuestra indiferencia hacia Él? Pues, aunque en nuestra infancia experimentamos sentimientos religiosos, desde entonces hemos dejado que se apaguen, o al menos que languidezcan en nosotros, aletargados como estábamos por una seguridad engañosa, o a menudo presas de una falsa vergüenza, del estúpido temor a resultar ridículos.

»En este momento de tregua y de bendición, después de la severa prueba que acabamos de superar, sentimos despertar en el fondo de nuestras almas una irresistible necesidad de compasión, una emoción desconocida y misteriosa, un impulso interior que nos lleva a un tiempo a humillarnos y a adorar. Pertenecemos a confesiones distintas, pero ¿quién de nosotros se acuerda? ¡Cómo se han disipado todas las divisiones, cómo han caído todas las barreras! Los cinco compartimos ahora la misma creencia, la misma fe: la del hombre que se encuentra a solas, cara a cara, con su Creador, con el Ser infinito y todopoderoso, y se apresta a confiarle humildemente sus penas, sus necesidades, sus esperanzas. Musgrave tiene una Biblia: la ha encontrado en su baúl, donde, según cree, debió de meterla su mujer antes de que él partiera de Sídney. Le hemos pedido que nos leyera alguno de los hermosos pasajes del Evangelio y, dispuestos en círculo a su alrededor delante de la tienda, lo hemos escuchado profundamente absortos. ¡Cómo nos ha conmovido escuchar "Venid a mí cuantos sufrís y yo os aliviaré" y "Amaos los unos a los otros"! ¡Se nos han saltado las lágrimas! Estos pasajes, que conocíamos perfectamente, que habíamos leído o escuchado mil veces, jamás habían tenido para nosotros tanto sentido, un sentido tan conmovedor, tan profundo. Nos parecía que hablaban de nosotros, que se habían escrito para nosotros. Son realmente divinos. Después de la lectura nos hemos arrodillado y hemos rezado fervientemente en voz alta.»

VII

CONSTRUCCIÓN DE LA ESTRUCTURA
Y DE LA CHIMENEA DE LA CABAÑA – VISITA AL
BRAZO OESTE Y A LA ISLA MONUMENTAL

Reunidos los materiales necesarios para la construcción, sólo se trataba de usarlos de la mejor manera. Como tenía alguna experiencia en estos asuntos, mi ayuda podía ser útil. Durante los primeros años de mi estancia en Australia, cuando me veía obligado a establecerme algún tiempo en un lugar, solía sustituir la tienda que plantaba al llegar por una morada más sólida, así que construía una choza con troncos, la corteza de los cuales me servía para cubrir el tejado; incluso le añadía una chimenea hecha con guijarros y arcilla.

Mientras estuve aún demasiado débil para poner manos a la obra, mis compañeros, novatos en ese tipo de trabajos y temerosos de echar a perder alguna viga de madera o de no usarla del mejor modo posible, a menudo acudían a mí en busca de consejo, pero al cabo de unos pocos días ya pude unirme a ellos y ayudarles. Fui a un tiempo arquitecto y albañil. En una semana habíamos erigido la estructura de nuestra casita del siguiente modo: en las cuatro esquinas de un rectángulo de siete metros de largo por cinco de ancho, hundimos en la tierra, a un metro de profundidad, cuatro postes hechos con pedazos de los mástiles. Para evitar que se hundieran en la turba, apoyamos cada uno de estos postes en una piedra grande; luego, a fin de afianzarlos, rellenamos el agujero con piedras más pequeñas, que apretamos tanto como pudimos. Cada uno de estos postes se elevaba a dos metros del suelo y en el extremo superior tenía una hendidura en la que encajamos los cuatro travesaños horizontales, hechos con el palo de mesana y las vergas más ligeras del *Grafton*. Una vez colocados, los atamos firmemente a los postes con jarcias. En mitad de los dos lados más cortos plantamos frente a frente otros dos postes, más fuertes y más largos que los de las esquinas. Estaban hechos con la verga mayor de la goleta cortada en dos trozos de la misma longitud, y sobresalían algo más de dos metros por encima de los travesaños. Apoyado sobre los extremos de estos dos postes, el mastelero, que debía soportar el ángulo del tejado de dos aguas, atravesaba la construcción a una altura de cuatro metros y medio. Colocados de dos en dos a la misma distancia unos de otros (alrededor de medio metro) y atados por un extremo al mastelero, veintiocho travesaños (catorce a cada lado) descendían oblicuamente hasta los dos largos travesaños laterales, a los que los fijamos atándolos fuertemente con las jarcias de la goleta. No teníamos otra opción, pues no disponíamos de clavos. Los travesaños cortos salieron de los pequeños pinos de montaña que he mencionado antes. Como necesitábamos que fueran rectos, perdimos mucho tiempo buscándolos en aquella región donde todos los árboles, incluso los pinos, crecen retorcidos.

Pero eso no fue todo. En medio de uno de los lados largos de la casita, el que estaba orientado hacia el interior de la isla, dos fuertes postes, clavados a un metro de distancia entre sí —y ayudando de ese modo a soportar el travesaño—, servían de marco a la puerta de entrada. Colocamos la puerta en ese lado para evitar que quedara expuesta al viento del mar. En la pared orientada a la orilla colocamos dos postes parecidos, pues aquél era el lugar destinado a la chimenea, cuya construcción nos ocupó toda la semana siguiente.

Reconozco que no éramos demasiado expeditivos y nuestra obra avanzaba lentamente, pero hay que tener en cuenta los muchos obstáculos que tuvimos que superar. Al mal tiempo, que obstaculizaba sin tregua nuestras labores, y a la dificultad de obtener los materiales y de usarlos sin disponer de herramientas adecuadas, se sumaban la necesidad de cazar leones marinos, que eran nuestro principal alimento —puesto que queríamos hacer durar las pocas provisiones que nos quedaban— y las muchas tareas domésticas.

Por lo demás, la construcción de la chimenea fue un asunto bastante complicado. En el emplazamiento del hogar tuvimos que abrir un gran boquete y llenarlo de guijarros para impedir que el suelo se quemara. La estructura la hicimos con estacas atadas unas a otras y unidas al armazón de la casa mediante travesaños. Para el interior no podíamos usar madera: era preciso recurrir a la piedra y la mampostería, de modo que, entre los fragmentos de roca que se amontonaban a orillas del mar, escogimos los más planos y, después de subirlos no sin esfuerzo hasta el montículo, los apilamos para construir la chimenea, así como las paredes de los lados y la del fondo (que por fuera se sostenían mediante una hilera de vigas de madera hundidas en el suelo).

Como no conseguimos encontrar tierra arcillosa para reemplazar el yeso con que fijar las piedras, tuvimos que ingeniárnoslas para inventar otro tipo de cemento. Así que, provistos de los sacos que en su día contuvieron sal, nos fuimos a la orilla del mar a recoger gran cantidad de conchas de todo tipo que calcinamos durante toda la noche: al día siguiente teníamos un montoncito de cal. Mezclada con la grava fina del lecho del río, esta cal nos proporcionó un excelente mortero para nuestra obra de mampostería. Utilicé un tronquito de madera a modo de paleta, pero esto no impidió que al terminar tuviera las puntas de los dedos y casi toda la mano derecha en carne viva. Musgrave manifestó muchísima admiración por mi obra. Sus cumplidos me resultaron muy gratos, aunque no tanto como para hacerme olvidar el escozor que sentía. Por suerte las lociones de agua clara y el aceite de león marino me curaron muy pronto.

Lo único que nos faltaba era construir el tubo de la chimenea. En las paredes del hogar fijamos cuatro estacas de tres metros y medio de altura ligeramente inclinadas unas hacia otras, formando una especie de pirámide sin cúspide. Las unimos entre sí con unos pequeños travesaños dispuestos como los peldaños de una escalera, sobre los cuales fijamos, primero por el interior y a continuación por el exterior, una doble pared hecha de planchas de cobre. Alick y George se encargaron de obtener el cobre de los flancos del *Grafton*, una labor tan ardua como peligrosa. Aprovechando algunas mareas bajas de aquellos días (había luna llena), llegaron a los restos del navío y, con el agua hasta la cintura, consiguieron arrancar las planchas de cobre que recubrían la embarcación. Para ello se sirvieron de una palanca de hierro que yo había fabricado con una de las varillas de los obenques de mesana —primero aplané uno de los extremos y después lo partí y curvé—: mientras uno levantaba las planchas con la palanca, el otro recuperaba cuidadosamente todos los clavos que las sostenían, que usamos para fijar las planchas de cobre sobre la estructura. Aunque no podían trabajar más de tres horas por vez, en tres mareas bajas George y Alick consiguieron traer el suficiente cobre para terminar el tubo de nuestra chimenea.

Domingo, 17 de enero de 1864

Viento del norte, el cielo cubierto y amenazador, el barómetro baja.

Durante los últimos días las temperaturas han sido suaves, pero este corto verano nos ha salido muy caro. El río está infestado de auténticas nubes de diminutas moscas negras (el calor favorece su eclosión) que han venido a visitarnos a nuestro montículo. La picadura de estos insectos es casi tan desagradable como la de las típulas y los mosquitos. Tenemos el rostro y las manos completamente hinchados. Son tan despiadadas que nos pican incluso a través de la ropa. Y una vez se han posado en la piel es imposible lograr que abandonen. Ya podemos agitar los brazos o soplar con toda la fuerza de nuestros pulmones que no se sueltan: se adhieren cerrando las alas para reducir al máximo el volumen de su cuerpo y succionan la sangre con auténtico furor. Es absolutamente necesario aplastarlas, de modo que nos pasamos el día abofeteándonos a nosotros mismos o dándonos palmadas en las manos: parecemos locos o epilépticos. En cualquier momento alguno de nosotros, atormentado por picores insoportables, abandona su labor, tira la herramienta al suelo con furia, se revuelve y termina frotándose la espalda contra uno de los postes de la estructura. A menudo los demás se mueren de risa y la víctima acaba riendo también, aunque sin dejar de refunfuñar. He observado que estas moscas ponen cantidades prodigiosas de sus larvas en los restos de algas que las olas traen hasta la orilla. Cuando nos detenemos cerca de los restos de algas o las pisamos al pasar se alzan auténticas nubes y tenemos que salir huyendo.

Lunes, 18 de enero de 1864

Hemos estado muy ocupados buscando en la maleza, cortando y transportando hasta el montículo trozos de madera más o menos rectos para construir las paredes de la choza. Como no es necesario que sean tan largos como las vigas del tejado, nos ha costado un poco menos dar con ellos.

Martes, 19 de enero

Esta mañana, el tiempo (con muchas nubes, aunque menos cargado) y la subida del barómetro nos han permitido aprovechar una ligera brisa del este que acababa de levantarse para hacer una excursión a las aguas de la bahía y visitar el brazo occidental. Después del almuerzo hemos echado al agua el bote, en el que hemos cargado el mástil, la vela y los remos, además de una sonda, una brújula y un cuadernito donde anotar nuestras observaciones. Cada cual ha cogido su navaja y un garrote; yo he llevado también mi fusil.

Frente a la península de Musgrave, a la entrada del brazo oeste, hay una pequeña isla, o más bien un gran peñasco, cuya cima está cubierta de una espesa vegetación. Este islote tiene forma de cuña y su lado más alto da a la bahía. Le hemos dado el nombre de isla Enmascarada porque sólo la separa de la costa un estrecho paso, cuya entrada, por el lado norte, está llena de arrecifes que asoman cuando baja la marea. En el otro extremo del paso el mar tiene una profundidad de veinte metros. Es un lugar bastante protegido, sólo expuesto al viento del sur, que cuando sopla lo hace con mucha fuerza; en cualquier otra circunstancia un navío puede hallar en él un refugio bastante seguro. El fondo está compuesto de arena y de restos de conchas, por lo que el ancla agarraría perfectamente.

La brújula ha perdido el norte, evidentemente a causa de unas inmensas masas negras, conglomerados de piritas de hierro, que hemos visto en el islote y en la orilla cercana. Después de hacer estas observaciones hemos proseguido nuestra ruta hacia el oeste. La lengua de mar que sigue esta dirección tiene un ancho de entre dos y cuatro kilómetros, dependiendo de las sinuosidades de la costa, y unos diez de largo. En las playas, a cada lado, así como en el agua, hemos visto un buen número de leones marinos. Cuando hemos llegado al extremo, la belleza grandiosa y salvaje del cuadro que se ofrecía a nuestros ojos nos ha dejado atónitos: es un lugar digno del pincel de Salvator Rosa.

Imagínese el lector una garganta de apenas medio kilómetro de ancho y tres de largo encerrada entre dos acantilados, perpendiculares como murallas, con una altura que va de los seis a los veinticinco metros. La base de aquellos acantilados inmensos está perforada por innumerables cavernas contra las cuales rompen las olas, produciendo detonaciones sordas que reverberan indefinidamente. En sí mismo, el estrecho canal que las separa no es sino una inmensa grieta abierta en la montaña, y cabe pensar que su existencia se debe al mismo fenómeno volcánico que, al tiempo que hizo emerger las islas Auckland del fondo del océano, separó la isla de Adán del resto.

El oleaje del oeste, que se precipita contra esas rocas con fuerza y rompe contra la pequeña isla situada en el extremo del canal, debió de terminar dividiéndola en dos pasos estrechos y muy peligrosos. El del norte apenas tiene agua, mientras que en el del sur, de cien metros de ancho, las aguas son muy profundas; pero allí la corriente es tan rápida, por el efecto del flujo y reflujo, que resulta impracticable para un navío de velas: tan sólo una embarcación de vapor tendría alguna probabilidad de éxito.[3]

A esta islita le dimos el nombre de isla Monumental, a causa de su notable forma. Si bien el perímetro era cuadrado, se elevaba mediante una sucesión de escalones, como una pirámide, y la coronaba un enorme bloque igualmente cuadrado. Parecía un mausoleo colosal. En ella había numerosos leones de mar; en cuanto se percataron de la presencia de nuestro bote, los que nadaban en la bahía se acercaron a toda prisa. En un instante una banda muy considerable de aquellos animales rodeaba nuestra pequeña embarcación, y esta vez se mostraron mucho más osados que el día que llegamos al puerto de Carnley. Algunos de los más voluminosos pasaban veloces junto a nosotros intentando atrapar con la boca el extremo de nuestros remos, de los que, al cabo de unos instantes, tuvimos que valernos con la máxima destreza posible. Uno de los leones tuvo incluso la audacia de dar un salto y clavar los colmillos en la proa de la barca, con lo que estuvo a punto de hacernos zozobrar. Alick le propinó un buen golpe con el bichero y consiguió que renunciara: rugiendo enfurecido se alejó bajo las olas. En el extremo de nuestro bote quedó la marca visible de sus colmillos. Algunos golpes de remo a diestra y siniestra obligaron a sus compañeros a mantener las distancias. Cuan-

---

[3] La corbeta colonial de vapor *Victoria* es el único navío que ha superado ese paso. Corrió muchísimo peligro y se salvó gracias a la potencia de su máquina de vapor. Sólo con mucha lentitud y a la máxima potencia logró ofrecer resistencia a la rapidez de la corriente.

do encontramos en la orilla un lugar favorable para atracar, desembarcamos y, tras dejar el bote en tierra, nos dispusimos a tomar nuestra colación.

No lejos de nosotros, en la ancha repisa de un peñasco que sobresalía apenas por encima del agua y se adentraba en la bahía a la derecha del paso, un león marino enorme, plantado sobre las aletas delanteras, con la cabeza erguida y la mitad del cuerpo alzado, observaba todos nuestros movimientos atento e impasible. Su pose resultaba realmente majestuosa. Tenía la melena erizada y en su piel podían advertirse las huellas de algún combate reciente.

Después de comer ascendimos un pequeño promontorio junto a la entrada del paso para disfrutar aún más de aquel espectáculo magnífico. Al bajar, nos topamos con otros dos leones marinos que dormían bajo el tronco de un árbol. Eran dos cachorros recién nacidos y no pesaban más de unos cuarenta kilos cada uno. Nos los llevamos en la canoa. Cuando los cocimos al día siguiente la carne nos pareció muy superior a la de las otras dos crías que, destetadas, habían empezado a comer pescado.

Al regresar no pudimos usar la vela puesto que el viento no nos era favorable, de modo que tuvimos que recorrer a remo una distancia de dieciocho kilómetros. Cuando llegamos al campamento ya era de noche y estábamos exhaustos.

VIII

FINALIZACIÓN DE LA CABAÑA — LOS DIARIOS —
FABRICACIÓN DE JABÓN — EN LA CIMA DE LA
MONTAÑA — COLOCACIÓN DE UNA SEÑAL —
LOS CORMORANES — LOS HALCONES

Al día siguiente reanudamos la construcción de nuestra cabaña. Tomamos unos postes que habíamos hecho con troncos, los hundimos en el suelo a unos treinta centímetros de distancia uno de otro a lo largo de los cuatro lados del edificio y, finalmente, los unimos en lo alto a los travesaños de la estructura. Luego, sobre esta especie de empalizada, fuimos disponiendo transversalmente una serie de gavillas de ramas separadas por no más de quince centímetros entre sí, e hicimos lo mismo sobre los cabrios del tejado. Sólo faltaba rellenar los huecos de todo el entramado con paja. Para ello nos servimos de una hierba basta, larga y fuerte, que crecía en manojos tupidos a orillas del mar y en lo alto de los acantilados. Cada uno de nosotros, provisto de una cuerda, partió por la mañana para recoger estas hierbas y en un día trajimos tres o cuatro manojos enormes. Esta labor, que al lector tal vez le parezca un divertimento campestre, fue en realidad la que nos dio más trabajo: en las matas que recogíamos había un buen número de briznas secas mezcladas con las verdes, y estas hierbas secas, sumamente duras, tenían unos bordes dentados y cortantes. Como el procedimiento consistía en agarrar un buen manojo y cortarlo a ras de suelo, al poco teníamos las manos llenas de cortes y literalmente destrozadas. Sin tiempo para que cicatrizaran, esas heridas nos causaban un escozor tan doloroso que de tanto en tanto nos veíamos obligados a interrumpir nuestra labor.

Cuando por fin logramos reunir la cantidad de hierba suficiente, empleamos varios días en atarla con cuerdas finas formando haces del grosor de un brazo. A medida que éstos quedaban listos, mis compañeros me los pasaban y yo los colocaba sobre un tarugo para cortar los extremos que sobresalían demasiado. Para cubrir las paredes y el tejado de nuestra cabaña precisamos nueve mil de estos haces, que tenían aproximadamente un metro de largo y que dispusimos del siguiente modo: comenzando por la base de la estructura, fuimos atándolos contra las gavillas de ramas procurando que quedaran más o menos al mismo nivel y que no hubiera ningún hueco entre ellos. Cuando la primera hilera quedó terminada colocamos la segunda encima, y después la tercera, y así hasta cubrir las paredes y el tejado. Los haces formaban un revestimiento de treinta centímetros de grosor. Para impedir que el viento se llevara nuestras paredes de paja, las atamos por la parte de afuera con los cordones de las gavillas y los fijamos a los del interior dando algunas puntadas a través de la paja con una aguja de madera que tenía las dimensiones de la hoja de un sable. En lo alto de las paredes practicamos tres pequeñas aberturas en las que encajamos con toda precisión los cristales que habían pertenecido a la cabina del *Grafton* y que encontramos intactos: serían nuestras ventanas.

Una vez concluida la obra, el estado de nuestras manos nos obligó a tomarnos algunos días de descanso que dedicamos a remendar nuestras ropas, urgentemente necesitadas de un apaño —puesto que era imposible adentrarse en la maleza sin maltratarlas—, y a lavarlas, dado que el transporte de los leones marinos destazados las dejaba perdidas. Si duda habríamos podido utilizar las velas para confeccionar algo que pudiéramos ponernos encima de la ropa al realizar esa triste tarea a la que estábamos condenados, pero no nos habría protegido del todo. Sea como sea, los efectos de las actividades diarias sobre nuestras ropas eran cada vez más evidentes y existía el peligro de que perdiéramos el respeto por nosotros mismos o de que nos causáramos un profundo asco los unos a los otros. Fue entonces que se me ocurrió la idea de intentar hacer jabón. Cuando se lo comenté a mis camaradas, me escucharon con escepticismo y me plantearon objeciones burlonas: no entendían cómo iba a conseguir los materiales necesarios, a menos que fuera un hechicero y conociera las palabras mágicas para transmutar los materiales... Yo los dejé hablar porque sabía que los resultados del experimento que me proponía poner en práctica al día siguiente bastarían para convencerlos.

Era de noche. Después de escribir en mi diario las notas del día, me tendí junto a mis compañeros en nuestro duro lecho de madera. He omitido decir que, entre los objetos salvados del naufragio había una botellita de tinta que a mí en particular me resultó un tesoro. Todas las noches, antes de acostarme, escribía en el diario oficial de a bordo —que en mi calidad de segundo estaba obligado a llevar durante el viaje— las observaciones meteorológicas o de otra índole hechas durante el día y el resumen de nuestras aventuras y emprendimientos. En ocasiones incluso me dejaba llevar y anotaba mis impresiones personales.

Por su parte, Musgrave apuntaba en su diario particular, cada domingo o dos, un resumen de lo que íbamos viviendo.[4]

Habíamos acordado que, en caso de que la mala suerte nos hubiera condenado a morir en la isla, el último superviviente pondría nuestros diarios en una caja de hojalata y la enterraría bajo un montón de guijarros a la entrada de la cabaña. Si la tripulación de algún navío desembarcaba en aquel lugar, al menos encontraría aquel testimonio, y nuestros compatriotas (¡ay!, tal vez ya no nuestros contemporáneos) tendrían noticia de nuestro infortunio.

---

[4] El diario de Musgrave, escrito en inglés, también se ha publicado. [Thomas Musgrave, *Castaway on the Auckland Isles: A Narrative of the Wreck of the* Grafton *and of the Escape of the Crew after Twenty Months Suffering*, Londres, Lockwood & Co, 1866. (*N. de la T.*)]

Desde el 20 de enero hemos tenido algunas rachas de viento fuerte, principalmente del oeste, y muchos chaparrones. Anteayer y ayer, sobre todo, el viento era muy fuerte; esta mañana una brisa moderaba soplaba del noroeste, el tiempo era agradable y el cielo estaba despejado.

Musgrave, George y Harry acaban de partir para intentar el ascenso a la montaña a cuyo pie se haya nuestra cabaña. Me habría gustado ir con ellos, pero aún siento las piernas muy débiles para emprender una excursión tan agotadora. En cuanto a Alick, no se encuentra muy bien desde hace uno o dos días, y como necesitaba descansar se ha quedado conmigo. Nuestro valiente noruego, que es un dechado de vitalidad y diligencia, sin duda ha abusado de sus fuerzas en los últimos días transportando los haces de paja, las piedras o las ramas hasta nuestro montículo, y su indisposición de ahora debe ser el resultado de los excesos. ¡Ojalá sea eso! Desde que estuve malo, en cuanto advierto el menor indicio de indisposición en alguno de mis compañeros siento un miedo atroz a que la enfermedad se cierna sobre él y concluya de un modo fatídico. Estoy convencido de que la muerte de cualquiera de nosotros, en las circunstancias actuales, produciría un efecto terrible en la moral del resto y tal vez tendría consecuencias funestas para todos. De modo que en todo momento ruego a Dios que se apiade de nuestra inmensa penuria y nos ahorre una prueba semejante.

En cuanto mis camaradas partieron, me dispuse a ejecutar el proyecto que había planeado la vigilia: probé de fabricar jabón. Primero corté madera e hice una pira de un metro de altura, luego fui a la playa a recoger grandes manojos de algas marinas secas (que nuestras enemigas, las mosquitas negras, no me dejaron recolectar impunemente). También cargué con una pequeña cantidad de restos de conchas. Todo aquello lo eché en la pira, que encendí al anochecer y dejé arder toda la noche: al día siguiente encontré un montón de cenizas. Las embutí en un barril que coloqué encima de dos grandes tacos de madera luego de practicarle varios agujeritos en el fondo con una barrena y eché agua encima. Se produjo lo que todos los días sucede con el filtro del café: el agua se coló a través de las cenizas produciendo un líquido cargado de sodio, potasio y cal disuelta. A este líquido le añadí una buena cantidad de aceite de foca, hice hervir la mezcla y obtuve un jabón magnífico que fue para nosotros, tanto desde el punto de vista del bienestar como de la higiene, de un valor incalculable.

La noche anterior mis compañeros habían regresado extenuados de su excursión a la montaña. La carne asada de foca que normalmente era nuestra cena, y que les serví fría, les pareció deliciosa. ¡Qué apetito les había abierto el ejercicio! Tampoco le hicieron ascos al caldo (de foca, cómo no) que desde hacía días se había convertido en nuestra bebida habitual para acompañar las comidas: nos parecía prudente hacer durar todo lo posible el té que nos quedaba, para el caso de que alguien enfermase. Todos hablaban animadamente de lo que habían visto y Musgrave me hizo un relato detallado. Habían atravesado la maleza con grandes esfuerzo y, cuando consiguieron llegar más allá de los grandes árboles, se encontraron con dificultades aún mayores. El terreno se volvía completamente pantanoso y estaba cubierto de infinidad de arbustos, lianas y hierbas de todo tipo, tan enmarañadas que formaban una barrera impenetrable. Buscando algún claro en medio de aquella masa compacta descubrieron un boquete en el suelo, una especie de túnel que evidentemente había cavado un león marino bastante pequeño. Incluso aquel animal debía de pasar por ahí con gran esfuerzo y la cabeza bien pegada a la tierra, pero no había alternativa: era preciso tomar aquel camino. Se echaron al suelo y, a riesgo de darse de bruces con alguno de aquellos peligrosos anfibios, se pusieron a reptar por el estrecho túnel en medio del fango y los charcos. Cuando salieron de aquella cloaca, sus ropas estaban cubiertas de una costra de lodo negro que se vieron obligados a despegar con la ayuda de sus cuchillos. Poco a poco aquel espeso boscaje de arbustos y maleza se abría y daba paso a una hierba que crecía en grandes matojos; se parecía a la de la playa, pero las briznas no eran planas ni cortantes. El terreno seguía ascendiendo y la vegetación se hacía cada vez menos frondosa hasta desaparecer del todo, ofreciendo a la vista las rocas grisáceas de la cima de la montaña.

En este punto era preciso hacer una auténtica ascensión, por momentos muy peligrosa. Tuvieron que escalar las rocas, en ocasiones suspendidos en el vacío, aferrándose a salientes y aristas. Finalmente alcanzaron el último pico, que les descubrió un panorama magnífico y los recompensó por todos sus esfuerzos. A su alrededor no había más que picos, aristas y escarpaduras. Aquí y allá algunos glaciares brillaban al sol. Por las laderas se deslizaban mil arroyuelos —alimentados por las constantes brumas que se acumulaban alrededor de las cimas—, que descendían serpenteando como ribetes plateados. Una vez se orientaron, reconocieron al sur la isla de Adán, la más elevada del archipiélago. Al oeste se extendía, de norte a sur, una larga cresta dentada de enormes masas rocosas. Parecían las almenas de una fortaleza colosal, cada espacio entre ellas era un precipicio. Hacia el norte había varias aristas menos elevadas que salían de la cadena principal, iban perdiendo altura gradualmente y desembocaban, al este, en los acantilados de la costa; dividían la isla diversos surcos inmensos en los que debían de hallarse hundidas algunas bahías de más o menos profundidad que no era posible ver. Una de estas aristas, la más próxima, estaba coronada por dos cimas que se alzaban una al lado de la otra en la misma línea: el Pico y la Tumba del Gigante. Más cerca aún, al este, se erguía una roca aislada en cuya cima se apreciaba el hueco de una caverna.

Más allá de estos primeros planos, en el extremo septentrional de la isla Auckland, se distinguían con bastante nitidez otras islas. La más grande, bastante llana, debía de ser la isla Enderby.[5] Al noroeste el oleaje rompía contra los numerosos arrecifes que vimos al llegar. Diversas franjas de espuma blanca, que se extendían a unas diez millas mar adentro, indicaban la presencia de aquellos escollos. Más lejos aún, por todos lados, la vista se perdía en el inmenso manto del océano; por más que escrutaron los límites más remotos del horizonte, de norte a sur y de este a oeste, no lograron ver una sola vela.

—La visión de ese mar —dijo Musgrave finalmente—, de ese mar ilimitado y desierto, me ha sobrecogido. —Se quedó callado, pero todos percibimos que su silencio ocultaba pensamientos sombríos—. Como usted —añadió unos instantes después dirigiéndose a mí—, creo en la bondad de la Providencia, pero ella nos confía los unos a los otros: cada hombre ha de ocuparse de aquellos que dependen de él. Sin embargo, ¿qué puedo hacer yo, desde aquí, por los míos? ¿Qué será de ellos?

Yo le aseguré con toda la convicción de que era capaz, que volvería a verlos, que un día u otro nos rescatarían.

—En fin —concluyó esforzándose por recobrar el ánimo—, no obviemos nada que pueda contribuir a nuestra salvación. Hemos descuidado algo esencial: colocar una señal que atraiga la atención e indique nuestra presencia. Tal vez pase algún navío cerca de la costa y advierta que estamos aquí. Hay que colocar cuanto antes una señal en algún lugar.

Todos estuvimos de acuerdo y decidimos que al día siguiente pondríamos manos a la obra. Teníamos una botella vacía. Musgrave, antes de acostarse, redactó una nota en la que daba las indicaciones necesarias para encontrarnos y la introdujo en la botella, que selló luego con un poco de alquitrán que obtuvimos de las tablas del *Grafton*.

---

[5] Descubierta por el capitán de un ballenero, al que debe su nombre, en 1840.

Sábado, 6 de febrero de 1864

Cielo encapotado y amenazante; el viento del norte sopla con una fuerza que va en aumento. El barómetro ha bajado durante la noche; no sería prudente ir en bote hasta la bahía.

Mientras yo me ocupo de la fabricación de mi jabón, Musgrave ha ido con los demás hombres a buscar los restos del naufragio para recuperar algunos tablones. Con la palanca de hierro han arrancado el tabique que separaba la cabina de la bodega y han recuperado algunos clavos que nos resultarán muy útiles para construir el *mobiliario* de nuestra cabaña. También han podido recuperar los tablones largos y estrechos que quedaban de la borda de la goleta: nos servirán para hacer el suelo de nuestra cabaña, indispensable para la salubridad del nuevo refugio.

Domingo, 7 de febrero de 1864

Viento suave del oeste, tiempo despejado, el barómetro sube. Esta mañana a primera hora hemos echado el bote al agua para ir a colocar una señal en la península de Musgrave, situada frente a la entrada principal del puerto de Carnley. Alick, repuesto de su indisposición, ha podido acompañarnos.

En uno de los cabos de la península, prácticamente en el centro del paso, hemos encontrado, en lo alto de un acantilado, un lugar visible que nos ha parecido conveniente. Hemos hundido en la turba, a buena profundidad, un asta larga y fuerte en cuyo extremo hemos colocado un trozo de vela. Para mayor seguridad, la hemos sujetado con cuerdas a cuatro estacas clavadas al suelo. En la punta hemos colgado la botella que contiene las instrucciones redactadas anoche por Musgrave.

En esta excursión, Musgrave estuvo a punto de sufrir un accidente fatal. Cuando nos adentrábamos en la maleza para buscar un pino que pudiera servir de asta para nuestra bandera, nos hemos cruzado con un león marino dormido. Era una hembra joven a la que nuestros pasos despertaron; salió huyendo a toda prisa y fuimos tras ella. Solíamos llevar garrotes para desbrozar la maleza y poder avanzar, pero ese día, en vez de su garrote, Musgrave había tomado mi fusil, que yo llevaba siempre que íbamos a la bahía, por lo que estaba cargado desde hacía días. Durante la caza, ya muy cerca del animal, disparó, pero como el arma sólo estaba cargada con perdigones, la descarga no produjo ningún efecto. Volvió a intentarlo, pero tampoco logró darle a la presa. Desmoralizado después de haber gastado inútilmente tres cartuchos, apoyó la culata del fusil en el suelo para recargar el primer cañón y el arma se accionó de pronto. La bala le rozó la frente y atravesó el ala de su sombrero. Con el rostro renegrido por la pólvora y la expresión un tanto desencajada por el susto, Musgrave dejó el arma y, retrocediendo, se apoyó un instante contra el tronco de un árbol. Creyéndolo herido, abandonamos la caza para acudir en su ayuda. El animal aprovechó para huir; consiguió llegar hasta la orilla del mar y escapó de nosotros lanzándose al agua.

Una vez colocada la señal, aprovechamos para realizar algunas observaciones. De hecho, siempre que íbamos a la bahía, Musgrave y yo aprovechábamos para trazar una parte del plano del puerto. Para ello habíamos adoptado un sistema de triangulación establecido por medio de la brújula. También llevábamos la sonda para medir la profundidad del agua.

Al regresar pasamos cerca de un cabo donde vimos gran cantidad de cormoranes. Estas aves, más o menos del tamaño de un pato, se encuentran con mucha frecuencia en las islas Auckland. La mayor parte del tiempo están posadas en las rocas más bajas que se adentran en la bahía, o bien vuelan a ras de mar para pescar sardinas, que les encantan.[6] Como tenía

[6] Más de una vez consideramos la posibilidad de imitar a los cormoranes y pescar sardinas, para lo cual habríamos tenido que fabricar redes destejiendo la tela de las velas. Por desgracia, los leones marinos también

muchas ganas de variar un poco nuestra monótona dieta, disparé contra los cormoranes y abatí veintiséis. La carne, a pesar del sabor aceitoso, era menos desagradable que la de los leones de mar.

Bordeando los acantilados, tuvimos ocasión de observar la composición del terreno. Parecía contener basalto, restos volcánicos de un color grisáceo —porosos, aunque muy duros— y algunas vetas de una piedra verdosa y blanda. Aquí y allá, a orillas del mar, encontramos aglomeraciones de guijarros apresados en una especie de lava; al romper un trozo, descubrimos que tenía un hermoso color púrpura que, en algunas zonas, viraba a violeta. Durante el tiempo que pasamos en las Auckland jamás encontramos ni gres, ni pizarra, ni arcilla, ni roca caliza. En la costa norte de la península de Musgrave observé algunos estratos de un granito gris anaranjado de granos grandes. Tenían unos dos metros de grosor y estaban inclinados hacia al sur a un ángulo de 22°.

Un poco más lejos, pasado el istmo que une la península con la isla principal, el litoral tomaba la apariencia de una colina partida bruscamente. Describía un arco en cuyo centro los acantilados alcanzaban una altura de casi cien metros. En una pared bastante ancha se advertían las huellas de un desprendimiento reciente, sin duda causado por las últimas lluvias. A partir de ese enclave el viento del oeste, más intenso, nos forzó a plegar la vela y usar los remos hasta la bahía del Naufragio, donde llegamos al mediodía.

Después de hacer los honores a la comida que Harry nos había preparado, dedicamos el resto del día a desplumar los cormoranes, que luego colgamos en parejas de las ramas más altas de los árboles circundantes para asegurarnos de que estuvieran fuera del alcance de las moscas (que, según habíamos observado, jamás volaban muy alto, probablemente a

---

se alimentan de ese pez y sin duda nos habrían destrozado las redes, así que renunciamos a la idea.

causa del viento). El plan contra las moscas funcionó a las mil maravillas, pero enseguida descubrimos un inconveniente que no habíamos previsto: los halcones, que tienen una vista agudísima, no tardaron en percatarse de los cebos que parecíamos haber dejado allí expresamente para ellos y acudieron en bandada. En cuanto los halcones se aproximaron, los encantadores pajarillos que solían revolotear a nuestro alrededor y amenizar nuestras labores con sus conciertos salieron huyendo y se ocultaron en lo más profundo de la maleza, desde donde lanzaban agudos trinos, como si se avisaran mutuamente de la presencia de sus temibles enemigos. Fueron ellos, de hecho, quienes nos alertaron del peligro.

Posados en las ramas de los árboles que ribeteaban la maleza, los halcones observaban nuestra caza con avidez a la espera del momento propicio para abalanzarse sobre aquellas presas fáciles. Nos apresuramos a desatar nuestras aves y los ladrones vieron frustrada la suerte que ya se prometían.

IX

LA BAHÍA DE LOS PATOS — LA MASACRE DE LOS INOCENTES — NUESTRO MOBILIARIO — LAS NORMAS — EPIGWAIT — LA ESCUELA NOCTURNA — EL OCIO

Lunes, 8 de febrero de 1864

Por la mañana hemos estado cortando troncos y llevando hasta el montículo los trozos de madera que nos hacían falta para el suelo de la cabaña. Al mediodía ha caído una lluvia torrencial que ha durado hasta la noche, pero desde que el tejado está terminado podemos seguir avanzando a cubierto en los trabajos que hasta ahora interrumpía el mal tiempo.

Apenas nos ha quedado tiempo para nivelar las vigas, fijarlas en el suelo y empezar a clavar sobre ellas los tablones de la borda del *Grafton*. Hacia las ocho la lluvia ha cesado, el cielo se ha abierto y el tiempo ha estado calmado.

Martes, 9 de febrero de 1864

Cielo brumoso; las nubes se acumulan en las montañas cubriéndolas hasta las faldas. Vuelve a llover; una lluvia fina, constante, que lo cala todo. Las moscas no han desperdiciado la ocasión de venir a poner sus larvas por todas partes: la cabaña está repleta de ellas; producen un zumbido tan insoportable que decidimos encender la chimenea para matarlas. La lluvia arrecia y cae un aguacero que no cesa hasta el jueves por la noche. Imposible salir.

Viernes, 12 de febrero de 1864

El viento se ha llevado las nubes. Mientras Harry se ocupaba de preparar la comida en la tienda y Musgrave me ayudaba a hacer una puerta para la cabaña, Alick y George han cavado una zanja en el perímetro de la chimenea para protegerla de la humedad, pero como esta zanja tiende a debilitar los fundamentos, hemos decidido colocar en las cuatro esquinas, así como a cada lado de la puerta, unos gruesos postes inclinados cuya base reposa en dos troncos fuertes que antes habíamos hundido en la turba a cierta distancia de las paredes.

Me apresuro a aclarar que, por más que nuestra cabaña estuviera rodeada de un foso y reforzada con arbotantes, estaba lejos de parecer una fortaleza. Parecía justamente lo que era: una choza. Sin embargo, era bastante sólida como para resistir un huracán y ofrecernos un refugio seguro, que era lo principal.

El sábado al mediodía mis compañeros cogieron sus garrotes y yo mi fusil y seguimos la costa norte hasta la altura de una islita que habíamos deseado visitar varias veces, pero a la que no habíamos ido jamás por culpa de la construcción de la choza, que no parecía terminar nunca, o del mal tiempo, que sólo nos permitía echar nuestro pequeño bote al mar muy de vez en cuando. Descubrimos allí una hermosa bahía, más o menos cuadrada —la abertura se ensanchaba un poco más que el fondo—, donde desembocaban dos arroyos. En aquel lugar vimos algunos patos salvajes. Comparados con el resto de los pájaros de la isla, que no mostraban ningún temor, nos parecieron de un nerviosismo extraordinario. Llegamos a la conclusión de que debían tener enemigos, probablemente los leones marinos; poco después, sin embargo, descubrimos que estábamos equivocados: los anfibios nadaban tranquilamente entre los patos sin molestarlos y sin que éstos pareciesen en absoluto espantados, mientras que bastaba que nosotros nos acercáramos para que alzaran el vuelo. Decidimos escondernos en la maleza, confiando en que volvieran a posarse cerca de donde estábamos, y nuestra espera obtuvo su recompensa. Al cabo de unos minutos habían regresado: se pusieron a chapotear en la desembocadura de uno de los arroyos y a capturar pececillos. Yo avancé sigilosamente y, cuando estaba cerca, disparé; de un solo tiro abatí tres patos. Luego descubrí que no merecerían la pólvora que gasté: eran de una especie muy menuda. Me prometí que en adelante reservaría la poca munición que me quedaba para mejores ocasiones.

Cruzamos uno de los arroyos sin mayor esfuerzo —la marea estaba baja y el agua sólo nos llegaba a las rodillas— y llegamos a una bella playa de gravilla, la primera de ese tipo que encontrábamos. Tenía unos doscientos metros de ancho y ocupaba todo el fondo de la bahía. Aquel lugar nos permitió andar unos cuantos pasos en un terreno llano, uniforme. Desde nuestro naufragio, siempre que nos desplazábamos estábamos obligados a subir, descender, escalar, sortear troncos de árboles o rocas. Allí, en cambio, avanzábamos sin dificultad, sin hacer esfuerzo: podíamos *andar*. Soy incapaz de describir el placer que experimentamos al recorrer aquella playa andando tranquilamente, seguido, sin tropiezos. ¡Qué encanto da la privación a las cosas más simples, más naturales!

Al llegar al extremo de la playa, un enorme león marino emergió de pronto del agua, lanzó un sonoro rugido y se echó a correr hacia nosotros. Como nos separamos los unos de los otros, el animal se detuvo, sin saber sobre quién lanzarse. George era el que estaba más cerca y, atento, aprovechó el momento en que el león volvía la cabeza hacia mí para avanzar y golpearlo. El animal, sorprendido por la audacia de nuestro compañero, se volvió, y ya tomaba impulso para echársele encima cuando George reaccionó asestándole un porrazo en el hocico, entre los ojos. Aturdido, el león marino cayó a peso sobre la gravilla; durante unos instantes la removió con sus grandes aletas y luego se quedó inmóvil: estaba muerto.

Para matar a estos animales (como aprendimos más tarde), lo importante no es golpear fuerte, sino hacerlo exactamente en su punto más vulnerable, es decir, entre los ojos, como hizo George atinadamente. Un detalle que sin duda conocen los taxidermistas, pero que a nosotros nos asombraba al principio, es la prodigiosa cantidad de sangre, y de sangre muy caliente, que poseen estos anfibios. Cuando desangramos al ejemplar que acabábamos de abatir, el chorro que brotó de la herida se mantuvo durante un buen rato y formó en la playa un arroyuelo que, deslizándose hasta el mar, enrojeció el agua de la bahía a una distancia considerable.

Cuando apenas habíamos terminado de limpiar el animal vimos a tres hembras salir del agua lanzando unos gemidos prolongados a los que enseguida replicaron algunos débiles gritos que venían de unos matorrales cercanos. Abandonamos allí al animal muerto para acercarnos a los árboles y, guiados por los gritos, al poco encontramos tres crías agazapadas bajo un gran tronco inclinado. Una de ellas, que había salido casi por completo de la madriguera, respondía a toda voz a la llamada de las hembras, mientras que las otras dos, más tímidas, observaban por encima de su lomo. Al vernos, se refugiaron bajo el tronco, pero luego, cuando el instinto las hizo comprender que peligraban sus vidas, salieron a toda prisa y se echaron a correr tan rápido como podían. Pero la maleza era un poco menos espesa en aquella zona y no limitaba tanto nuestros movimientos, así que muy pronto las alcanzamos. Jamás olvidaré la expresión lastimera, enternecedora, de aquellos pobres animales: como si adivinaran nuestra intención, se detuvieron las tres juntas al pie de un árbol y nos miraron con ojos suplicantes, pidiendo clemencia. Estábamos conmovidos, indecisos, tentados de liberarlas, pero pesaba la necesidad, que convertía en ley la obediencia a la razón antes que al sentimiento. Confieso que no realizamos aquella ejecución, aquella *masacre de los inocentes*, sin repugnancia ni remordimientos.

Como nos resultaba imposible cargar a nuestras espaldas el viejo león marino y las tres crías, y además el primero despedía una peste que no parecía prometer más que una recompensa mediocre, decidimos llevar sólo las crías, que nos permitieron no preocuparnos por nuestro alimento durante varios días.

Lunes, 22 de febrero de 1864

Viento de noroeste. Ayer se abatió sobre nosotros una intensa borrasca acompañada de ráfagas de una violencia extrema. Hoy el tiempo está parcialmente nublado, pero las nubes se deslizan con menos rapidez; han caído varios chaparrones de lluvia helada o de fino granizo.

La última vez que Musgrave, Alick y George fueron al *Grafton* a buscar madera, trajeron consigo un baúl que teníamos en la cabina. Estaba enteramente forrado de hojalata y dividido en dos compartimentos (allí habíamos guardado a veces sacos de harina o galleta para protegerlas de los ataques de algunas ratas que habían embarcado con nosotros). Las tapas de los compartimentos, que estaban unidas con bisagras a la pieza que dividía el baúl en dos, eran un poco más largas que éste, por lo que, cerradas y con una tela encerada encima, formaban una excelente mesa para la cabina.

En tierra, lo colocamos en la pared norte de la cabaña, bajo una de las pequeñas aberturas que hacían de ventanas, para que nos sirviera de escritorio a Musgrave y a mí. Sobre la mesa nueva colgaban el cronómetro, los instrumentos de navegación y la biblioteca. (La palabra *biblioteca* quizá parezca un poco ambiciosa, puesto que sólo poseíamos tres o cuatro libros: un ejemplar de las Sagradas Escrituras, *El paraíso perdido* de Milton y una o dos novelas inglesas a las cuales les faltaban varias páginas. A esto habría que sumar el diario de Musgrave y el mío, que guardábamos junto a los libros.) Cerca de la ventana también colgamos un pequeño espejo con marco de caoba.

A derecha e izquierda del despacho, en dos esquinas de la choza, Musgrave y yo pusimos nuestras camas: la suya en el lado de la puerta y la mía cerca de la chimenea. Conviene aclarar que eran bastante precarias: consistían simplemente en dos cajones rectangulares apoyados sobre cuatro tacos de madera para permitir que el aire corriera por debajo. Para hacerlas un poco más mullidas llenábamos los cajones de musgo seco que cambiábamos de vez en cuando. A pesar de no tener nada que ver con las plumas o la lana, este musgo formaba un lecho infinitamente menos duro que los tablones que habían hecho las veces de cama en la tienda. Alick, George y Harry instalaron las suyas en el otro extremo de la estancia, cada una en paralelo a una de las tres paredes restantes de la choza.

En medio de la pieza se hallaba una mesa que, al igual que la puerta, habíamos hecho con planchas traídas del *Grafton*; tenía metro ochenta de largo por uno de ancho. Dos bancos, también construidos con planchas, estaban situados a sendos lados largos de la mesa. Contra la pared, cerca de la puerta y al pie de la cama de Alick, pusimos otro tablón, más pequeño, destinado a las labores de la cocina. En dos estanterías fijadas sobre éste colocamos nuestra vajilla (es decir, los pocos utensilios domésticos que habíamos podido salvar). Allí también poníamos las lámparas cuando no las estábamos usando. Estas lámparas eran absolutamente rudimentarias: las habíamos fabricado con viejas latas de conservas; las mechas eran hilos trenzados de tela de las velas y el aceite nos lo proporcionaban los leones marinos. Para no llenar demasiado la casa, construimos en las cuatro esquinas unos pequeños desvanes triangulares donde almacenábamos lo que quedaba de velas y jarcias del *Grafton*. Para terminar, un último detalle que merece la pena apuntar: antes de que se nos agotaran completamente las provisiones, yo había apartado en un saco algunas libras de harina destinada a utilizarse como medicina en caso de necesidad. Esa pequeña cantidad de harina y un poco de mostaza constituían toda nuestra farmacia. Puesto que yo me había comprometido a ser el guardián de aquellos preciados artículos, colgué el saco de una viga por encima de mi cama. Todos estos acomodos interiores quedaron finalizados la mañana del sábado 5 de marzo. El resto de la jornada lo dedicamos a desmontar la tienda y a transportar nuestros penates al nuevo hogar, donde nos acostamos por la tarde después de encender un buen fuego en la chimenea.

Pero no bastaba con procurarnos los bienes materiales de la vida. También el aspecto moral reclamaba nuestra atención. Sin duda, desde el naufragio habíamos vivido juntos, unidos y en concordia, incluso diría que en una auténtica fraternidad; sin embargo, ya había habido alguna que otra ocasión en la que uno de nosotros se abandonaba a un cambio de humor y dejaba escapar algún improperio que, naturalmente, provocaba una respuesta igual de airada. No obstante, si la acritud y la enemistad se instalaban entre nosotros podían tener consecuencias desastrosas. ¡Nos necesitábamos tanto! ¿Acaso no lo demostraba la construcción de nuestra chocita, a la que cada cual, según sus capacidades, había contribuido con la mejor disposición? Era evidente que nuestra única fuerza era la unión, y que la discordia y la división serían nuestra ruina. Pero el hombre es tan débil que a veces ni la razón, ni la defensa de su dignidad, ni siquiera la consideración de su interés bastan para recordarle cuál es su deber. Es necesario que una regla externa, una disciplina, lo proteja de las flaquezas de su voluntad. Estos pensamientos me ocuparon un buen rato por la noche, y al día siguiente por la mañana les comuniqué a mis compañeros el proyecto que había concebido para asegurar el orden y la paz en nuestra pequeña comunidad. Mi idea consistía en escoger entre nosotros, no ya a un jefe ni a un superior, sino a un *cabeza de familia* que atemperase la autoridad legal e indiscutible del juez mediante la condescendencia afectuosa de un padre, o más bien de un hermano mayor.

Los deberes del cabeza de familia serían los siguientes:

1. Mantener el orden y la unión entre nosotros, con tacto pero también con firmeza.

2. Intervenir dando consejos juiciosos cuando se planteara un tema de discusión que pudiera degenerar en enfrentamiento.

3. En caso de que en su ausencia se produjera algún conflicto grave, las partes debían trasladarle inmediatamente el asunto; entonces, con la ayuda de quienes no hubieran tomado parte en el conflicto, juzgaría la causa, le daría la razón a quien correspondiera y se la quitaría al que no. Si éste último despreciaba la sentencia pronunciada y persistía en su falta, sería excluido de la comunidad y condenado a vivir en solitario en otro lugar de la isla durante un período de tiempo más o menos largo en función de la gravedad de la falta.

4. El cabeza de familia dirigiría las expediciones de caza, así como los demás trabajos, y distribuiría las tareas sin estar él mismo dispensado de dar ejemplo asignándose una.

5. En las circunstancias importantes, el cabeza de familia no podría tomar ninguna decisión sin el consentimiento de todos, o por lo menos de la mayoría.

Mis compañeros aprobaron el proyecto de reglamento, pues también a ellos les parecía necesario organizar nuestra pequeña sociedad, y lo adoptaron por unanimidad, no sin antes añadir el artículo siguiente:

6. En caso de que el cabeza de familia abusara de su autoridad o la utilizara con fines personales y manifiestamente egoístas, la comunidad se reservaba el derecho a destituirlo y nombrar a otro.

Esta última cláusula era una sensata precaución contra las veleidades despóticas a las que suelen sentirse inclinadas las personas a quienes la confianza de sus iguales otorga el mando; además, era muy fácil aplicarla, y en consecuencia, de una eficacia indudable, puesto que el presidente de nuestra pequeña república no disponía de ejército permanente para imponer sus ambiciones. Por lo demás, debo decir que durante todo el tiempo que vivimos juntos nunca tuvimos ocasión de aplicarla.

Sin mayor demora, trasladamos nuestro reglamento a una de las hojas de cortesía de la Biblia de Musgrave: tendríamos que leerlo todos los domingos antes de rezar nuestras oraciones. Luego todos posamos la mano sobre el libro sagrado y juramos obedecer y respetar nuestra constitución. Realizamos este acto con convicción y seriedad: no era una mera formalidad. Para nosotros, aquel compromiso voluntario, en el que poníamos a Dios por testigo, tenía mucho de solemne. Ya sólo faltaba nombrar al cabeza de familia. Yo propuse a Musgrave, que era el mayor de todos, y fue elegido de común acuerdo. A partir de aquel momento ocupó el lugar de honor en la mesa y quedó dispensado de cocinar. Los demás, Alick, George, Harry y yo, nos turnaríamos para realizar esa tarea una semana cada quien. Deseoso de demostrar mi buena voluntad y de dar ejemplo de mi adhesión a las normas recién aprobadas, propuse que entraran inmediatamente en vigor y me pedí la primera semana de quehaceres domésticos. Mis compañeros tomaron sus armas —Musgrave el fusil y los demás sus garrotes y navajas— y salieron a cazar mientras yo me ponía a recoger la mesa y a lavar la vajilla del desayuno.

Sí, me puse a lavar la vajilla y, a riesgo de que el lector se mofe de mí, incluso diré que me empleé a fondo en esa labor que me tomaba muy en serio y me parecía sumamente importante. Tal vez mi actitud se comprenda mejor si se tiene en cuenta que tan sólo poseíamos cinco platos de loza, uno de ellos agrietado y desportillado (normalmente lo usaba quien cocinaba), de modo que la pérdida de uno solo habría resultado irreparable y se habría convertido en un auténtico trastorno para todos, en particular para aquel a quien se le hubiera roto. Estoy convencido de que jamás ha habido servicio de mesa de cerámica de Meissen o de porcelana de Sevres manipulado con tanta precaución. Confieso que me produce cierta satisfacción, tal vez no exenta de orgullo, constatar que cuatro *hombres* fueron capaces de lavar la vajilla todos los días, *tres veces al día, durante diecinueve meses y medio, sin romper nada.* Menos mérito tuvo no estropear el resto de nuestros pobres utensilios: unas pocas cucharas y tenedores de hierro, tres ollas del mismo material, incluida la grande de la que ya he hablado, varias tazas de hierro esmaltado, una sartén y una pequeña tetera. Sobra decir que no estábamos en condiciones de permitirnos el lujo de tener mantel; sin embargo, gracias al uso frecuente de agua y jabón, nuestra mesa se mantuvo siempre irreprochablemente limpia.

Al terminar las labores de la casa, pensé en ir a pescar con la esperanza de añadir un plato de pescado a nuestra dieta habitual: me había propuesto conseguir que mis compañeros quedaran satisfechos con el celo de su cocinero. En mi cofre encontré cinco o seis anzuelos oxidados y una caña que había utilizado a veces en Sídney cuando tenía tiempo libre. Lo cogí todo, además de un saco, y me fui hasta un pequeño cabo que quedaba cerca de nuestro campamento y al que desde entonces volví a menudo a pescar, razón por la cual mis compañeros dieron al sitio el nombre de cabo de Raynal. El lugar era bastante cómodo y la estación favorable, así que conseguí pescar varios peces, principalmente bacalaos —que venían a esconderse bajo las rocas, donde no podían alcanzarlos los leones marinos—, además de recoger cientos de mejillones. Al regresar, los cazadores se quedaron encantados de encontrarse con aquella insólita variedad culinaria. Por una vez el sempiterno trozo de león marino asado podía sustituirse por algo más aceptable: mi pescado frito y mis mejillones hervidos recibieron todos los honores del festín. No soy tan modesto como para ocultar que quien hizo aquel regalo obtuvo alguna gloria.

Por la noche, Musgrave, divertido, propuso dar un nombre a nuestra nueva vivienda. En el acto tuvimos no uno, sino cinco nombres, y cada cual se empeñaba en demostrar la superioridad del que proponía. Para poner fin al debate acordamos, a propuesta mía, apuntar los cinco nombres en trocitos de papel, plegarlos, meterlos en un sombrero y sacar uno a ciegas. George, el más joven de nosotros, sacó uno al azar, lo abrió y leyó el nombre: Epigwait, que era el que había propuesto Musgrave. Aquel nombre, en el idioma de los pieles rojas de Norteamérica, significaba 'cerca del río', o más bien 'cerca de los grandes caudales'. Y así fue bautizada la casa. En adelante, pues, usaré este nombre, Epigwait, para referirme a nuestra choza o al montículo en el que se encontraba.

Aquella noche estuvo llena de innovaciones. Como preveíamos que íbamos a pasar muchas horas en nuestra vivienda, sobre todo en invierno —en las islas Auckland, los días son extraordinariamente cortos en esa estación, y el rigor del clima no siempre permite salir—, nos pusimos a pensar cómo podríamos ocupar de un modo útil el tiempo. Incluso en verano estaríamos obligados a encender las lámparas mucho antes del anochecer, puesto que teníamos que dejar cerrada la puerta para protegernos de las moscas y los ventanucos apenas dejaban entrar la luz. De modo que, una vez remendadas nuestras ropas y concluidas las labores domésticas, tendríamos mucho tiempo disponible. De pronto se me ocurrió una idea que comuniqué en el acto: crear una escuela nocturna para la enseñanza mutua. Harry y Alick no sabían leer ni escribir, así que los demás les enseñaríamos; ellos, a su vez, nos enseñarían sus idiomas. George, que había recibido una instrucción elemental, podría proseguir sus estudios de matemáticas bajo nuestra tutela. Por mi parte, daría clases de francés. Mi propuesta fue acogida con tanto entusiasmo que hubo que ponerla en práctica de inmediato, y desde aquel día nos convertimos en maestros y alumnos los unos de los otros. Este nuevo vínculo nos unió aún más: al elevarnos o rebajarnos alternativamente a ojos de los demás, nos poníamos todos al mismo nivel, lo que creó entre nosotros una igualdad perfecta.

A lo útil quisimos añadir lo placentero: nos pareció que algunas distracciones no resultarían superfluas en vidas tan austeras como las nuestras, de modo que dedicamos las siguientes tardes a fabricarnos algunos juegos. Musgrave fabricó un tablero de solitario con un trozo de madera al que hizo varios agujeros y unos pequeños tarugos que talló con primor. Por mi parte, dibujé los cuadrados de un damero en un tablón y los pinté de blanco y negro utilizando cal y hollín diluidos en unas gotas de aceite de león marino. Finalmente, recorté dos grupos de fichas, uno blanco y otro rojo, de dos listones finos utilizando mi navaja de mano.

¡Ah, mi navaja de mano! Permítanme que hable un poco de ella. Es una deuda de gratitud. ¡Esta vieja compañera me fue de tanta ayuda! Me acompañó durante todos mis años de marinero y recorrió conmigo una buena parte del continente australiano. La volví a encontrar un día, completamente oxidada, en un rincón de mi cofre, donde había permanecido olvidada desde nuestra partida de Sídney. ¡Ah!, desde entonces el óxido no tuvo tiempo de corroerla, pues no volvió a pasar un día, ni siquiera una hora, en que no le diera yo algún trabajo que hacer, ¡y qué trabajos! Estaba provista de una sierrita, ¡y tampoco ésta descansó un solo día! Para la construcción de nuestra cabaña, de nuestras camas y de los demás muebles, cortó tablones con los que a buen seguro no había sospechado jamás que tendría que lidiar, y sin embargo cumplió su cometido sin perder ni un solo diente. ¡Y qué otras tareas, además de cortar y serrar, no realizó mi navajita! Fue mi podadora, mi cuchilla, mi rallador, mi punzón y ni sé ya cuántas cosas más. Tuvo que vérselas con todas las materias conocidas y salió triunfadora siempre, pues permaneció intacta. ¡Qué temple magnífico había recibido el hierro de mi navaja invencible! Hoy ya está retirada, como le corresponde a cualquier buen sirviente: reposa en un cajón de mi escritorio junto a otros recuerdos de mis viajes. De vez en cuando la contemplo, la acaricio, abro y cierro las hojas… No, jamás la cambiaría por nada del mundo, ni aunque me dieran su peso en oro multiplicado por diez o por veinte.

Buscadores de oro en el arroyo Forest, hoy Castlemaine, Victoria, Australia (c. 1870).

A. de Neuville

La tripulación del *Grafton*. De pie: Raynal, Maclaren
y Harry Forgès; sentados: Musgrave y Harris.

Goletas (1892).

A. de Neuville

El naufragio en el puerto de Carnley.

Gruta al sur de la isla Enderby (1846).

Bahía de Sarah (1846).

León marino joven en el puerto de Carnley (1909).

Leones marinos en la isla Enderby (1909).

Árboles en la isla Auckland (1909).

La flora al sur de la isla Auckland (1909).

Palo fierro (1909).

A. de Neuville

Asando un león marino.

La isla monumental.

Cormoranes (1909).

El puerto de Carnley visto desde la península de Musgrave (c. 1900).

La señal.

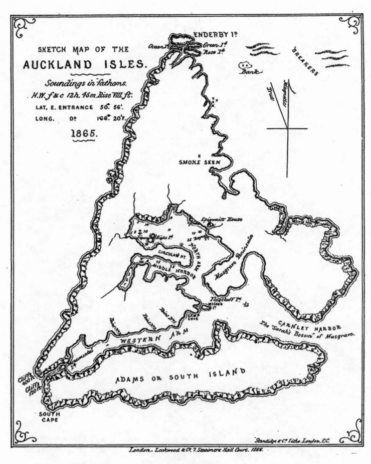

Mapa de las islas Auckland trazado por Musgrave y Raynal.

A. de Neuville

Musgrave apostado para la caza.

A. de Neuville

La forja.

A. de Neuville

Alick y Raynal sorprendidos por la niebla.

La *Salvación*.

El golpe de mar.

El desembarco en puerto Adventure.

Epigwait.

Restos de la cabaña Epigwait en el puerto de Carnley (1909).

Cabañas de los náufragos del *Invercauld* (1905).

Restos del *Grafton* en el puerto de Carnley (c. 1888).

UNA MUELA DE AFILAR — LOS MAPAS —
UNA TENTACIÓN — VISITA A LA ISLA OCHO —
EL PATRIARCA DE LAS FOCAS

Es cierto que durante la primera semana, cuando despertaba a mis compañeros a las seis de la mañana, protestaban un poco por mi inoportuno celo, a pesar de lo cual terminaban levantándose. Pero muy pronto los buenos hábitos fueron adoptados sin más. Mientras yo preparaba el desayuno, ellos salían a cortar la leña necesaria para el día, que colocaban junto a la choza. Consumíamos una gran cantidad, pues la chimenea permanecía encendida el día entero, ora para asar la carne de los leones marinos, ora para calentar la estancia durante la noche. La madera que preferíamos utilizar para el hogar era la del palo fierro del que ya he hablado. No hay mejor madera: tanto verde como seca arde fácilmente, produce mucho calor y poco humo. Las cenizas que deja contienen gran cantidad de potasio, así como restos de silicio que cristalizan y forman masas difíciles de quebrar cuando se enfrían. Por desgracia, esa madera tan dura había ido desafilando el hacha hasta dejarla prácticamente inservible, por lo que aquella tarea matutina resultaba cada vez más penosa: cada día era preciso esforzarse más para conseguir resultados más pobres. Era imperativo encontrar una solución.

Ya habíamos buscado en vano entre las rocas de la costa algún pedazo de piedra que pudiera servir de muela cuando recordé los bloques de gres que, antes de partir a Sídney, habíamos colocado en la bodega del *Grafton* para aumentar el lastre del navío. Aproveché un momento en que la marea estaba baja para volver a la goleta encallada y, por medio de un cabo que colgaba de la escotilla principal, descendí a la bodega. Allí, con el agua hasta la cintura, tuve que tantear un buen rato con los pies hasta encontrar lo que buscaba, pues el flujo y reflujo del mar, que había penetrado en el interior de la embarcación, había depositado sobre las piedras una capa de cieno que dificultaba mi búsqueda. Finalmente logré encontrar un bloque adecuado: lo até con el cabo, lo subí a la cubierta y desde allí lo arrastré hasta la orilla y luego hasta la cabaña. Antes de abandonar los restos de la goleta, conseguí arrancar de una de las piezas una clavija de hierro medio oxidada que estaba a punto de saltar. Una vez en la cabaña, la puse al rojo vivo en la hoguera de la chimenea y, cuando se enfrió, pude darle forma de cincel a uno de los extremos, tras lo cual me serví de ese instrumento y de un martillo para tallar el bloque de gres como una muela de afilar. Lo más largo y complicado fue realizar un agujero en el centro para poder introducir un eje de madera al que le había fijado una manivela. No había más remedio que asestar golpecitos con muchísimo cuidado para evitar que se quebrara el disco y en un instante se malograra el trabajo de varios días. Por suerte logré hacer el agujero y sujetar firmemente mi eje. Después suspendí el aparato entre los troncos de dos árboles jóvenes que estaban casi pegados uno al otro y se hallaban cerca de la choza. A partir de entonces dispusimos de una muela y pudimos afilar tanto el hacha como el resto de herramientas.

Preocupados por la organización de nuestras vidas, por establecer rutinas, decidimos que la mañana de los lunes haríamos la colada. Además, todos los días, al volver de cazar, debíamos zurcir nuestras ropas si era necesario (y prácticamente no había día en que no hubiera que coser algo). Hay que admitir que al cabo de poco tiempo las ropas adquirieron un aspecto peculiar: los tejidos originales desaparecieron por completo bajo la infinidad de parches que los cubrían o los reemplazaban. Al principio utilizamos tela del velamen para esos remiendos, pero al poco tiempo tuvimos que pensar en reservarla, previendo que en algún momento podríamos necesitarla para hacer una vela.

A cada momento buscábamos dar pruebas más inesperadas de creatividad. Al juego del solitario y el de las damas sumamos el dominó, y luego —la senda de los lujos y los placeres no tiene límites para el hombre— me las ingenié para fabricar unas cartas con las hojas de un viejo diario de a bordo y harina hervida a modo de cola, sin reparar en que podían convertirse para nosotros en lo que suelen ser habitualmente: una fuente de discordia. Y a punto estuvieron de provocar una pelea. No tardé en darme cuenta de que, a pesar de sus notables y excelentes cualidades, Musgrave era mal jugador: alardeaba de ser muy bueno en los juegos de cartas y, aunque establecimos que jugaríamos sin apostar (lo cual no tenía ningún mérito, puesto que no poseíamos nada), cuando perdía se fastidiaba, se ponía de mal humor y se volvía peleón. Como yo había sido el causante del problema, me correspondía a mí ponerle remedio. Una tarde que habíamos estado jugando, Musgrave y yo intercambiamos algunas palabras desagradables; al terminar la partida, cuando ya me había serenado, sin decir nada eché las cartas al fuego.

Por cierto, recuerdo que Musgrave y yo compartimos la poca cola que sobró en el fondo del reciente: jamás en la vida había comido nada que me supiera tan delicioso; se parecía bastante al pan. Sin embargo, recibí un merecido castigo por mi glotonería, pues durante muchos días, como mi paladar conservaba el sabor de aquel delicioso manjar, padecí el suplicio de Tántalo en presencia del saquito de harina suspendido sobre mi cama. Me costó Dios y ayuda resistir la tentación de hacer pan o gachas y darme un festín, pero la harina era un bien sagrado y conseguí respetarlo. Si hubiera cedido a la tentación, aquel acto de debilidad habría podido tener consecuencias calamitosas: habría perdido definitivamente la consideración de mis compañeros, habría sentado el precedente de mi egoísmo y codicia y sembrado el germen de la discordia, la división y la ruina.

Cuando llegó el sábado por la noche, no sólo le traspasé a George, mi sucesor, la casa en perfecto estado —todos los utensilios en su sitio y perfectamente ordenados, el suelo fregado con agua y jabón—, sino que quise concluir mi administración dando un golpe de efecto: antes de acostarnos, ofrecí a mis compañeros un delicioso baño con agua caliente, que había preparado dividiendo toneles en dos a modo de bañeras. No es presunción afirmar que semejante cortesía tuvo una calurosa acogida.

Martes, 15 de marzo de 1864

El tiempo, bastante malo durante la pasada semana, ha mejorado un poco. Esta mañana soplaba viento del norte y noroeste, pero era suave. Hemos echado el bote al agua y hemos ido remando hasta la isla Ocho.

Desembarcamos, dejamos el bote en tierra y, armados de nuestros garrotes, nos adentramos en la maleza. Poco después alcanzamos una especie de claro situado en el centro de la isla, y no tardamos en descubrir allí las huellas antiguas de un pequeño campamento. No había duda de que el puerto de Carnley era un lugar conocido y frecuentado por los balleneros. Esta certeza nos causó una enorme alegría porque nos permitía pensar en la posibilidad de que un día u otro alguna de aquellas embarcaciones nos rescatara. Sin duda, los que habían acampado en aquel lugar habían venido a cazar leones marinos. Algunos pasos más lejos, un hoyo en la turba, causado por el fuego, indicaba el lugar donde habían hecho una fogata. La profundidad del agujero nos permitió calcular que habían pasado unas dos semanas allí. Explorando un poco más encontré en el suelo un pequeño objeto rojizo que me apresuré a recoger: era una lima triangular completamente oxidada, una prueba aún más incontestable que las anteriores de que aquel rincón lo visitaban hombres civilizados. Guardé mi valioso hallazgo en un bolsillo y me reuní con mis compañeros, que se habían adentrado en los matorrales en busca de leones marinos. Sus rugidos, que oíamos perfectamente, nos guiaban.

Llegamos, no sin fatigas, hasta el extremo de la isla y descubrimos un gran número de aquellos animales. Allí, los troncos de los árboles, muchísimo menos apretados, permitían a los cachorros jugar libremente cerca de sus madres. Prácticamente todas ellas estaban amamantando a sus crías. En medio del grupo, un viejo macho, probablemente el rey del lugar, descansaba mientras observaba sereno a los bulliciosos cachorros que jugueteaban a su alrededor. Tenía el aspecto de un venerable patriarca complacido con los juegos de su joven prole. Cuando abrió la inmensa boca para bostezar, pudimos ver sus mandíbulas prácticamente sin dientes; unos pocos raigones cariosos adornaban las encías: evidentemente era muy viejo. Su mirada era mucho más dulce que la de los otros machos que habíamos visto hasta entonces. Además, tenía dos llamativas cicatrices blancas, una en la base del cuello y otra en el flanco derecho. Lo bautizamos rey Tom.

Nos acercamos sin hacer ruido hasta los bordes de aquel otro claro y permanecimos un rato inmóviles, contemplando el magnífico espectáculo que se nos ofrecía. Al poco, el viejo león levantó la cabeza y, respirando ruidosamente, se puso a escrutar en todas direcciones con inquietud, sin duda intentando descubrir de dónde venía aquel olor desconocido que su agudo olfato había detectado en el aire. Le chispeaban los ojos; incorporándose majestuosamente, hinchó el pecho y lanzó un rugido sonoro y prolongado que puso en alerta a las hembras y alarmó a toda la tropa. Las crías interrumpieron de inmediato sus juegos y, lanzando una especie de balidos, respondieron a los gritos roncos de las madres, con las que pretendían reunirse a toda prisa. En ese preciso instante nosotros irrumpimos de golpe en la escena y aprovechamos el desconcierto y la confusión en que los sumió nuestra abrupta aparición para golpear mortalmente en la cabeza a los cachorros menos ágiles, siete en total, que nos apresuramos a apartar de la vista de la manada. Musgrave, Alick y yo, tras entregarle las porras a Harry, arrastramos dos cada cual, uno en cada mano, por las aletas de la cola; Harry arrastró el último con la mano que le quedaba libre. Muy pronto alcanzamos la playa; dos fueron a buscar el bote y, después de subir a bordo el botín, nos alejamos hacia Epigwait.

Desde el bote pudimos oír los gritos de las perturbadas madres que no encontraban a sus cachorros, unidos a los rugidos del viejo macho enfurecido por el olor de la sangre, y aquel concierto nos hizo lamentar que nuestra imperiosa necesidad nos obligara a comportarnos de un modo tan cruel con los pobres animales. Al poco vimos a las hembras, que nos habían seguido el rastro, llegar al lugar donde había estado el bote y desde allí lanzarse al mar, junto al viejo león marino, y nadar hacia nosotros. Durante un buen rato se empeñaron en perseguir a quienes les habían arrebatado a su prole. Enardecida por el amor maternal, una de las hembras brincaba de vez en cuando como si quisiera meterse en el bote, y a cada intento el agua que removía al hundirse inundaba nuestra embarcación. Temiendo que lograra su propósito y nos hiciera volcar, agarré mi fusil y le disparé casi a bocajarro. La detonación aterrorizó a los demás animales: el grupo abandonó la persecución y regresó a la costa. Empujados por el viento, al cabo de una hora llegamos a la bahía del Naufragio.

XI

COLOCAMOS OTRA SEÑAL — GEORGE EN PELIGRO —
POR QUÉ RENUNCIÉ A LA CERVEZA — NUESTROS
LOROS — PERROS EN LA ISLA

La caza había sido un éxito: disponíamos de más presas de las que éramos capaces de consumir antes de que se estropearan. Pensamos en conservar la mitad, sobre todo porque cuando llegara el invierno tal vez sufriríamos escasez. Para ello empleamos una parte de la sal que habíamos salvado del naufragio. De los siete leones marinos despiezamos cuatro y apilamos los trozos entre capas de sal en un tonel vacío. Algunos días más tarde, cuando habían absorbido toda la sal, los colgamos del techo en el interior de la choza.

Estábamos en el equinoccio y durante toda la semana hizo un tiempo espantoso. Las fuertes rachas de viento se sucedían sin tregua; caía constantemente una lluvia mezclada con granizo fino. De tanto en tanto los relámpagos partían el cielo encapotado y estallaba un trueno ensordecedor. Las ráfagas de viento zarandeaban los árboles, los doblegaban, arrancaban las hojas y las arrastraban hasta las aguas de la bahía, que quedaba cubierta de follaje. Al murmullo de las hojas que resistían se sumaba el crujido incesante de las ramas. En la playa, las olas embravecidas rompían contra los acantilados, que la espuma cubría de blanco. En ocasiones, un rayo golpeaba una elevada cima y desprendía un inmenso pedazo de roca que rodaba por el flanco de la montaña como una avalancha a través de la maleza del litoral, dejando un ancho surco a su paso y arrastrando todo lo que encontraba, para llegar finalmente al borde del acantilado y, con un último impulso, precipitarse en las agitadas aguas. Teníamos la sensación de asistir a una insurrección generalizada de los elementos, conjurados contra las sabias leyes que el Creador impone a la naturaleza como si se empeñaran en sumir el mundo en el caos.

Permanecimos encerrados en la choza durante ocho días enteros. Salvo por algunos pequeños desperfectos, resistió bien y salió victoriosa de la tempestad. Nos felicitamos por haber dejado, por el lado del mar, un muro de árboles para amortiguar un poco los embates del viento, y por haber colocado sólidos puntales para sujetar la choza por fuera. No fue menos afortunado haber hecho acopio de comida antes de que el huracán llegara y haber pensado en conservarla: de lo contrario habríamos pasado hambre.

Hacia mitad de la semana siguiente, tan pronto como nos fue posible aventurarnos en las aguas de la bahía, nos preparamos para ir a visitar la península de Musgrave y comprobar si nuestra señal seguía en pie, cosa que dudábamos mucho. La madrugada del 23 de marzo, dejando en casa a nuestro noruego, que estaba a cargo de las tareas domésticas, echamos el bote e izamos la vela; el viento favorable nos condujo deprisa al sitio donde debíamos desembarcar. Encontramos en pie, en el lugar donde la habíamos colocado, el asta en cuyo extremo atamos la bandera, pero esta última había desaparecido: el viento la había arrancado. A algunos pasos de allí yacía la botella, que el viento también había arrancado del poste, prácticamente enterrada en la turba, pero intacta. Como ya preveíamos que tendríamos que reparar o sustituir la señal, habíamos llevado algunos tablones unidos entre sí formando un tablero y blanqueados con cal disuelta en aceite de foca. En el centro, con el color negro que hacíamos con hollín y aceite, yo había escrito una *N* gigante y una flecha que indicaba la dirección que había que tomar para llegar a la bahía del Naufragio. Este tablero lo sujetamos firmemente al extremo de dos fuertes palos frente a la principal entrada del puerto de Carnley. La montaña, cubierta de vegetación, formaba detrás del panel un fondo verde sobre el que éste destacaba claramente: debía percibirse a una gran distancia desde el mar. Colgamos la botella y regresamos a Epigwait.

Al día siguiente por la mañana seguía haciendo buen tiempo, así que nos apresuramos a hacer una segunda visita a la isla Ocho para renovar, si era posible, nuestras provisiones de carne, que estaban a punto de agotarse. La caza fue un éxito, aunque en esta ocasión la amenizó un incidente grotesco que habría podido tomar un cariz bastante dramático si yo no hubiera tenido reflejos para ponerle fin a tiempo. Al llegar sigilosamente al claro que constituía el territorio del rey Tom, lo encontramos, como la vez anterior, poblado de un buen número de cachorros, algunas hembras y el viejo rey. Éste, al advertir nuestra presencia, no dudó ni un segundo y corrió hacia nosotros mostrándonos sus viejos colmillos desgastados como para retarnos a combatir. Como no queríamos matarlo y, por lo demás, podíamos movernos con mayor libertad que en la maleza, evitamos responder a su provocación pasando por otro lugar y, a pesar de su cólera y sus rugidos, conseguimos hacer una buena carnicería de cachorros. Mientras estábamos ocupados arrastrando a nuestras víctimas hasta la orilla del mar, el viejo león marino y sus hembras, menos tímidos que en nuestra primera invasión, nos siguieron de cerca, y George, que cargaba su pesado fardo, se encontró de pronto, en un estrecho desfiladero, cara a cara con una inmensa hembra. Era imposible escapar huyendo por la izquierda o por la derecha, puesto que el animal se había atravesado en el camino cerrándole el paso; y para retroceder ya no había tiempo. Haciendo un movimiento instintivo, George dejó caer su presa para agarrarse a una gruesa rama que colgaba por encima de su cabeza y, de un salto, se encaramó a ella justo a tiempo para evitar la mordedura de la leona. Pero ésta, que aparentemente no renunciaba a su venganza, se instaló tranquilamente bajo la rama alzando la cabeza y clavando la mirada en su enemigo. Así transcurrieron varios minutos: hombre y foca se miraban sin mover ni un pelo. No sé cuándo habría podido descender George de su tronco si yo no hubiera llegado con mi fusil y disparado en la cabeza al animal. Nos dirigimos enseguida a la playa, donde a los leones marinos les costaba más atacarnos porque estaba cubierta de rocas; colocamos la caza en la barca (apenas cabía: ¡llevábamos once piezas!) y regresamos a Epigwait.

De los once cachorros salamos nueve y los almacenamos para los días cortos y tempestuosos de invierno cuya llegada preveíamos ya. Los otros dos los consumimos de inmediato. Pero la dieta exclusivamente animal a la que estábamos condenados, además de que nos repugnaba porque era muy grasienta, resultaba malsana para unos europeos acostumbrados desde la infancia a una dieta variada en la que el pan, las féculas, las legumbres verdes y las verduras ocupaban un lugar tan importante como la carne. Notábamos las consecuencias. En diversas ocasiones ya habíamos intentado incorporar a nuestra dieta alguna de las raíces que crecían en la isla, pero, como ninguna resultó comestible, terminamos renunciando. Sin embargo, ¡cuántas veces había escuchado a Harry decir que ojalá conservara las mondas de patatas que durante el viaje había tirado por la borda!

Preocupado por encontrar algún vegetal comestible, yo había descubierto, cerca de los lugares pantanosos, una planta de un tallo largo y tubulado en cuyo extremo brotaban, agrupadas, unas hojas redondas, más o menos del tamaño de un plato, que se enrollaban formando una especie de embudo. El tallo de la planta no crecía vertical, sino horizontalmente, y se aferraba al suelo mediante numerosas raíces finas. En primavera, del centro de los grupos de hojas brotaba un estilizado tallo coronado por un ramillete de flores blancas de tres pétalos que luego reemplazaba un prieto cúmulo de granos negros. El interior del tallo era carnoso y azucarado, pero también tenía unos filamentos leñosos que necesariamente había que someter a algún proceso a fin de que resultaran comestibles. A esta planta le dimos el nombre de *sacchary*.

Me animé a hacer un rallador con un pedazo de una hoja de chapa que, en el *Grafton*, había servido para aislar la parte de la cubierta en la que se encontraban los hornos de la cocina.

Tras perforarla varias veces y curvarla, la clavé por los dos extremos sobre una tabla. Con este instrumento conseguimos hacer ralladuras finas de los tallos de sacchary y las freímos en aceite de león marino. El nuevo manjar, que se parecía considerablemente al serrín, se sirvió con bastante ceremonia; por desgracia, nos defraudó. Sólo humedeciéndolo con caldo conseguimos tragárnoslo, no sin esfuerzo, pero aquello no puso fin a nuestras penas, pues la abundancia de fibras leñosas resultaba sumamente indigesta... No obstante, casi todos perseveraron, siguieron tomándolo y terminaron por acostumbrarse. En cuanto a mí, no lo logré jamás. Pese a todo, intenté sacar algún provecho de las propiedades sacarinas de aquella planta. Rallé una buena cantidad, la eché en una olla con agua hirviendo y dejé fermentar la mezcla. Mis compañeros, intrigados por mi brebaje, no dejaban de preguntarme qué pretendía hacer. Finalmente les confesé que quería hacer cerveza. Al comienzo se burlaron de mí; pero, cuando al día siguiente vieron que el líquido empezaba a fermentar, me propusieron que lo destiláramos e hiciéramos aguardiente: uno de los cañones de mi fusil, envuelto en tela, podía hacer las veces de serpentín y servirnos para verter continuamente agua fría.

Me arrepentí de mi iniciativa porque, si en vez de contentarnos con aquella bebida inocua conseguíamos procurarnos alcohol, tarde o temprano terminaríamos abusando de éste con consecuencias previsiblemente funestas. Para evitar aquel riesgo, renuncié a mi proyecto, que sin embargo me apasionaba: dejé que el fermento se volviera ácido a propósito, pretextando que la fermentación aún no estaba lo suficientemente avanzada para la destilación, y no quedó más remedio que tirar el líquido. No volví a repetir el experimento: declaré que era imposible tener éxito, a pesar de que estaba convencido de lo contrario.

Puesto que, en una vida como la que llevábamos, tan monótona, tan absolutamente desprovista de distracciones y de placeres, el menor incidente cobraba gran importancia, contaré a continuación la historia de nuestros loros.

Un día, mientras estábamos ocupados buscando nuevas raíces, Harry se fijó en un árbol en cuyo tronco había un agujero donde de vez en cuando entraba y salía un loro. Después de observar durante un rato las maniobras del pájaro, aprovechó una de sus ausencias para examinar lo que suponía sería el nido. No se equivocaba: al introducir la mano en el agujero del tronco encontró a tres polluelos de loro que ya tenían todas las plumas. Entonces, utilizando ramitas que trenzó firmemente con mucha destreza, se puso a construir una cajita y, más tarde, al caer la noche, fue a buscar a los polluelos y los trajo a Epigwait. Les dimos de comer semillas de la planta sacchary, que primero trituramos bien y luego mezclamos con un poco de carne de foca asada y troceada. Uno de los polluelos murió al poco. Los otros dos se adaptaron muy bien a esta comida y vivieron todo el invierno. Eran un macho y una hembra. Al cabo de poco tiempo ya habían destruido, a fuerza de picotear, su casita de ramas, así que los dejamos andar libremente por la cabaña. Todos los días les llevábamos una nueva rama de árbol cuidando que tuviera muchas hojas y algunas semillas, la colocábamos a los pies de la cama de Harry, pegada a la chimenea, y por la noche los loros iban a refugiarse allí para dormir. El macho no tardó en aprender a decir algunas palabras en inglés: en cuanto rayaba el alba empezaba la cháchara, que nos resultaba muy graciosa. Todos los días, a la hora de cenar, macho y hembra solían darse un baño. Se lo preparábamos en una caja vieja de hojalata colocada junto a su rama. Eran muy exigentes: el agua tenía que estar cristalina y era preciso cambiarla para cada uno, pues de lo contrario no se conformaban. Al salir del baño iban a secarse junto al fuego de la chimenea. Trepaban a la piedra del hogar e iban dándose la vuelta, ora de un lado, ora de otro, con la mayor seriedad del mundo; luego, cuando estaban bien secos, antes de que termináramos de cenar, subían a la mesa y, en un perfecto inglés, *Boss* —así se llamaba el macho— reclamaba su porción de asado. Pero, ¡ay!, un día en que Harry estaba muy liado con sus tareas colocó una olla llena de agua encima del pobre *Boss* y lo aplastó. Ocho días después, la pobre hembrita desconsolada murió de pena, y nosotros nos quedamos muy afligidos por la pérdida de aquellos pájaros encantadores de los que nos habíamos encariñado.

En mis diarios de esas fechas encuentro el relato de un incidente que nos causó muchísima consternación y fue motivo de mil conjeturas. En muchas ocasiones habíamos creído oír a lo lejos unos ruidos parecidos a ladridos. ¿Acaso había perros en la isla? Y si así era, ¿cómo explicar su presencia? ¿No pertenecerían más bien a algún navío anclado en las cercanas bahías de puerto Carnley, o incluso de puerto Ross, al norte del archipiélago? No es de extrañar que esta última hipótesis nos resultase seductora, y estuvimos muy tentados de ir a comprobar *in situ* si era cierta, pero no nos quedó más remedio que sopesar las innumerables dificultades que suponía la exploración de aquellas islas, incluso en las mejores condiciones meteorológicas. Era una empresa irrealizable. ¿Cómo aventurarnos tan lejos, en aquellos mares, con una embarcación como la nuestra? Habría sido una locura intentarlo: había que renunciar. Por lo demás, era mucho más probable que los perros, en caso de que existieran, hubieran sido abandonados por el ballenero cuyas huellas habíamos encontrado en la isla Ocho, o por los pescadores que alguna vez se establecieron en Enderby, en puerto Ross, y que a falta de éxito habían abandonado la isla en 1850. Aunque la procedencia de aquellos perros fue para nosotros siempre un enigma, su existencia quedó claramente demostrada un día.

Nuestras provisiones de carne fresca casi se habían agotado y el tiempo había vuelto a estropearse, por lo que no podíamos llegar en bote a la isla Ocho, donde estábamos seguros de encontrar presas. Decidimos ir a pie, siguiendo la playa en dirección nordeste hasta el lugar donde yo había abatido a los patos, con la esperanza de descubrir algunos leones marinos adormecidos entre las hierbas altas a orillas del mar. Alick y Harry, que fueron los primeros en estar listos, se adelantaron (George se quedaría en Epigwait); y cuando Musgrave y yo, armado con mi fusil, nos disponíamos a partir, vimos regresar a Harry agitado y jadeante: nos dijo que acababan de toparse con dos perros en la orilla del mar. Uno era un bonito perro pastor, blanco y negro, con una buena cola de pelo largo; el otro, más menudo, era una mezcla de grifón y bulldog. Alick se había quedado para vigilar sus movimientos y él había venido corriendo a buscar un trozo de carne para tratar de atraerlos y un trozo de cuerda para atarlos en caso de que se dejaran capturar, cosa que dudaba mucho porque parecían feroces. Provistos de los objetos necesarios, nos dirigimos los tres a la playa, pero al poco vimos a Alick regresar. Nos contó que, en ausencia de su compañero, había querido acercarse con cuidado a los perros hablándoles, pero al oír su voz, aterrorizados, habían huido y desaparecido entre la maleza: le fue imposible seguirlos. Nuestra decepción fue inmensa. Habíamos tomado nuestros deseos por realidad, y cuando ya soñábamos en poseer a dos fieles compañeros, a dos amigos, que nos hubieran proporcionado ayuda y afecto ¡los habíamos dejado escapar! Afortunadamente el resto de la jornada fue un éxito y nos sirvió en parte para olvidar el disgusto. Cazamos una leona marina y su cría, así como una docena de pájaros. Tuvimos que despiezar a nuestra presa mayor allí mismo para llevarla a trozos, dado su peso, y hasta la noche no conseguimos llegar a Epigwait, exhaustos.

XII

UNA NOCHE AL RASO — VUELTA
A EPIGWAIT — COMIENZO A CURTIR
LAS PIELES DE LEÓN MARINO

Domingo, 1.º de mayo de 1864

El invierno se acerca y el frío empieza a dejarse sentir. Los leones marinos son cada vez más escasos, lo que nos hace temer un porvenir poco auspicioso: el fantasma de la hambruna aparece, amenazador, en el horizonte, y cada día lo vemos acercarse a pasos veloces. Si por lo menos el tiempo no fuera tan malo podríamos ir a buscar más lejos, pero sólo excepcionalmente podemos aventurarnos en las aguas de la bahía.

Dejamos a Harry, a quien aquella semana le correspondía ocuparse del hogar, en Epigwait, y los demás partimos a pie a primera hora de la mañana para explorar el sur de la costa, que todavía no conocíamos. Bien pronto descubrimos que era intransitable, pues estaba formada de altos acantilados verticales que se hundían en aguas profundas, así que tuvimos que avanzar por arriba, a través de la maleza, abriéndonos paso esforzadamente. Un poco antes de mediodía llegamos al pequeño istmo que une la isla a la península de Musgrave. Era el destino de nuestra excursión: como el suelo era llano resultaba fácil acceder desde el mar, de modo que confiábamos en encontrar allí algunos leones marinos.

Después de descansar unos instantes sobre un tronco hicimos una batida por los alrededores. No dejamos un solo rincón sin escrutar, pero todo fue en vano: no había un solo león marino. Agotados y abatidos por el fracaso y el desaliento, deliberamos sobre qué debíamos hacer. En principio, nos planteamos desandar el camino y regresar inmediatamente a Epigwait, pero incluso yendo a paso ligero no lograríamos llegar antes de que cayera la noche. Y además, ¿para qué regresar con las manos vacías? Si ya nos habíamos alejado tanto convenía seguir avanzando, atravesar el istmo y ver si en la otra orilla conseguíamos encontrar lo que en vano habíamos buscado allí. Poco después, una magnífica bahía circular se ofrecía a nuestros ojos. La playa estaba cubierta de enormes piedras, salvo en el centro, donde, sobre una extensión de unos cien metros, había gravilla. Justo enfrente de donde estábamos, la bahía quedaba bruscamente interrumpida por un acantilado gigantesco que nos ocultaba la entrada del puerto. Avanzamos tropezando con los pedruscos, ojos y oídos atentos para captar cualquier movimiento, cualquier rumor, examinando sobre todo las inmediaciones del bosque, pero sin descubrir el menor rastro de leones marinos. Finalmente alcanzamos la playa de gravilla, donde pudimos andar con más comodidad. Allí, con caras largas y el estómago vacío, nos sentamos lastimosamente al pie de una roca, aguardando a que la marea bajara lo suficiente como para poder meternos e ir a buscar algunos mejillones en los arrecifes. Una hora después habíamos reunido una cantidad considerable, que devoramos crudos, con avidez. El pobre Musgrave pagó cara aquella comida de salvajes, que le sentó fatal.

Cayó la noche, fría, oscura, amenazante. Era impensable regresar a nuestro hogar a oscuras, andar por un camino tan accidentado, tan peligroso, que además sólo habíamos hecho una vez y por tanto no conocíamos bien. Así que no tuvimos más remedio que quedarnos donde estábamos y aguardar pacientemente a que amaneciera. Pasamos la noche —¡de dieciséis horas!— a la intemperie, detrás de una roca que nos protegía un poco contra las ráfagas del viento, apiñados para protegernos del frío que cada vez era más intenso, pensando en Harry, que nos esperaba y ya debía estar muy inquieto, desanimados y molidos, y con Musgrave enfermo. Finalmente, al día siguiente, entre las siete y las ocho, empezaron a despuntar los primeros rayos de sol. El viento cesó, pero llegó una niebla espesa a la que siguió una lluvia fina y helada. El hambre, inexorable, formuló de nuevo sus imperiosas exigencias. Empapados y ateridos, abandonamos la roca y aprovechamos la marea baja para pescar algunos mejillones, que esta vez tuvimos la sensatez de comer con moderación. Luego, saciados a medias, emprendimos el camino de regreso a la cabaña.

Musgrave y yo íbamos un poco por delante y los dos marineros nos seguían. Hablamos muy poco: como nuestros pensamientos no contribuían precisamente a subir la moral, evitamos comunicárnoslos. Después de avanzar un buen tramo escuchamos un ligero ruido procedente de la maleza. Nos detuvimos para aguzar el oído; George y Alick, apretando el paso, nos alcanzaron enseguida. El ruido había cesado y temimos habernos equivocado, pero de inmediato volvimos a oírlo. Yo cargué mi fusil y mis compañeros alistaron sus garrotes; aguardamos. Al cabo de unos instantes asomó una cabeza entre dos matorrales: era una joven hembra de león marino que se disponía a descender a la orilla. Debía de haber llegado por la noche porque, como ya he dicho, el día anterior no habíamos encontrado ni rastro. Al advertir nuestra presencia se detuvo indecisa, sin saber si continuar o retroceder. Temiendo que volviera a ocultarse en la maleza y se nos escapara, abrí fuego: la bala le dio en la cabeza. Al cabo de media hora, doblados por el peso de nuestro botín, del que cada cual llevaba un cuarto, y sin embargo alegres y ajenos a la fatiga, regresábamos a buen paso a Epigwait, adonde llegamos hacia el mediodía, después de treinta horas de ausencia. A Harry, al vernos, se le saltaron las lágrimas de la emoción: el pobre muchacho había pasado una noche angustiosa imaginando todas las desgracias que podíamos haber padecido.

Pero apenas habíamos satisfecho una necesidad (la de comer se renovaba constantemente), se presentaba otra de la que había que ocuparse. Ya he señalado que, como habíamos partido de Sídney en verano y preveíamos que sería un viaje corto, no habíamos llevado demasiada ropa ni calzado. Cuando partimos, la indumentaria de mis compañeros ya estaba usada; sólo yo llevaba algunas prendas nuevas, entre ellas un par de botas largas y excelentes que apenas había usado, puesto que había estado muchos meses enfermo e incapacitado para realizar excursiones largas. El caso es que, inevitablemente, llegó el momento en que los zapatos de mis camaradas, que no habían dejado de recorrer las costas rocosas de la isla Campbell y luego las de la isla Auckland, quedaron completamente inservibles. ¿Qué podíamos hacer? Ya habían intentado sustituirlas por una especie de mocasines hechos con piel de león marino, pero no lo habían logrado. Aquella piel sin curtir, al estar en constante contacto con un suelo cenagoso, se ponía blanda, se empapaba, se pudría y las rocas puntiagudas de la orilla del mar la desgarraban en pocos días. Era necesario cambiarlas tan a menudo que la cantidad de animales que podíamos cazar estaba lejos de dar abasto.

Se me ocurrió entonces curtir la piel antes de usarla. Después de examinar las propiedades de la corteza de los distintos árboles y arbustos de la región, llegué a la conclusión de que la del palo fierro era la mejor: sus propiedades eminentemente astringentes seguramente se debían a la gran cantidad de tanino que contenían, a pesar de que no era, como ya he dicho, demasiado gruesa. Me procuré bastante cantidad, la corté en trozos menudos con el hacha, la herví y, cuando la decocción me pareció suficientemente fuerte, llené un tonel que coloqué junto al que me servía de filtro para hacer jabón. En otro tonel hice una solución de cales extraídas de conchas de mejillones que había calcinado y sumergí en la mezcla varias pieles, algunas bien gruesas y otras más finas, procedentes de las crías. Por medio de este líquido alcalino me proponía destruir las materias grasas de las que estaban impregnadas las pieles antes de curtirlas.

Después de haber dejado las pieles durante dos semanas en remojo en el agua con cal, las retiré. Con algunos tablones que nos quedaban, y que fijé con fuertes clavijas a tres travesaños, fabriqué una especie de banco en el que extender las pieles y terminar de limpiarlas, lo cual fue fácil. A las más gruesas les quitamos el pelo, pero a la mayor parte de las pequeñas no, pues con ellas nos proponíamos hacer ropa para sustituir los harapos que llevábamos encima. En cuanto a las materias grasas —que, combinadas con las cales, habían formado una especie de jabón—, nos deshicimos de ellas sin dificultad remojando las pieles durante unas cuantas horas en el agua del arroyo. Después las pusimos en una prensa hecha de tablones y grandes piedras para eliminar la cal que pudiera quedar. Tras repetir esta última operación varias veces, las sumergimos en el licor curtiente. A pesar de cambiar a menudo el líquido, sólo al final del invierno, cuatro meses más tarde, las pieles más gruesas estuvieron perfectamente curtidas.

20 de mayo de 1864

Durante las tres últimas semanas hemos tenido mejor suerte con el alimento. Estos últimos días, sobre todo, ha habido mareas muy bajas y hemos podido pescar mejillones y peces, que hemos atrapado bajo las rocas. Además, hemos cazado tres leones marinos que vinieron a dormir por la noche cerca de Epigwait.

Hace un tiempo inestable, pero por lo general está frío y húmedo. El termómetro marca un promedio de 3° C al mediodía, a la sombra, y por la noche a menudo estamos bajo cero.

¡A la sombra! ¡Qué gracioso! ¡Pero si estábamos siempre a la sombra! Apenas veíamos el sol una o dos veces por semana, unos instantes, entre dos nubes, ¡y qué sol! ¡Pálido y frío! Y a menudo pasábamos quince días seguidos sin verlo. ¡Ah, qué triste tener siempre sobre la cabeza un eterno manto gris, un pesado techo de nubes siniestras! ¡Un poco de azul! ¡Un pedazo de cielo, por favor! Sin embargo, siempre hubo algo que a mis compañeros y a mí nos produjo una impresión aún más lamentable, una especie de asfixia cargada de ansiedad: el rumor incesante y monótono de las olas en la playa, a dos pasos de nuestra choza; un rumor que, junto al del viento agitando los árboles, igual de constante, nos recordaba sin tregua nuestro cruel destino. A menudo teníamos los nervios a flor de piel; muchas veces la melancolía más lúgubre, a un tiempo violenta y taciturna, estuvo a punto de apoderarse de nosotros, y estoy convencido de que nos habríamos entregado a los arrebatos de la hipocondría si no hubiera sido por el trabajo al que nos entregábamos en todo momento y que no nos dejaba tiempo para sumirnos en la tristeza.

Ah, el trabajo: fue entonces cuando descubrí su valor, sus ventajas. ¡Qué bendición de Dios! Qué suerte que el hombre, una criatura inteligente, dotada de imaginación y de muchas otras facultades, disponga también del trabajo que le da de comer. Sin ese condicionamiento, ¿en qué terminaríamos convirtiéndonos? Sin ese recurso estaríamos inevitablemente condenados a convertirnos en víctimas de un estupor imbécil, vergonzoso, cuando no de vicios aún más atroces. Hay quien admira las leyes armoniosas que rigen los planetas: yo admiro sobre todo la ley, también armoniosa, de las necesidades que obligan a trabajar y del trabajo que permite satisfacerlas, pues a ello se debe la vida sana, honesta y dichosa de los hombres; la admiro desde el punto de vista desinteresado de quien contempla el mundo, y la amo, la bendigo, ¡porque me salvó la vida!

XIII

LA NIEVE — LOS LEONES DE MAR EMIGRAN — LA MUERTE DE SU MAJESTAD EL REY TOM — LA AURORA AUSTRAL — UN TERREMOTO

Lunes, 23 de mayo de 1864

Un tupido manto de nieve cubre el suelo; las hojas aún verdes de la flora austral desaparecen bajo los copos que se amontonan; los árboles, los matorrales, las matas de hierba se han convertido en ramilletes blancos. La naturaleza parece haberse engalanado para una fiesta; mas ¡qué lúgubre resulta su atuendo deslumbrante!... Parece la fiesta de la muerte. Una calma extraordinaria reina en la tierra y en el mar. La superficie de las aguas de la bahía apenas se estremece bajo el aliento imperceptible del viento. Las verdosas olas encrespadas han cesado de agitarse y de coronarse con su blanca cabellera de espuma. El mar, liso como un espejo, refleja todos los objetos circundantes: los acantilados, los árboles del litoral y las montañas envueltas en sus mantos blancos, que, por un efecto óptico, parecen la mitad de altas. El aire es tan limpio que distinguimos perfectamente, a lo lejos, horizontes que normalmente escapan a nuestra vista; las distancias parecen acortarse, todos los objetos se acercan asombrosamente. La tempestad, soberana de estas regiones, ha abdicado. Por momentos el silencio es el dueño absoluto de estas soledades. Muy de vez en cuando se escucha el graznido débil, tímido, de un pájaro, o el bramido lejano de algún león marino. El cambio que se ha producido durante la noche es tan repentino, tan radical, y el panorama que se ofrece a nuestros ojos tan nuevo, que permanecemos largo rato contemplándolo inmóviles, estupefactos. De pronto se produce un fenómeno extraño: la superficie de las aguas de la bahía, tan tranquilas hasta ahora, se agita en distintos puntos, espumea, y sin embargo no sopla viento, al menos nada oímos; si algún desprendimiento se hubiera producido en las montañas, a su paso habría arrastrado consigo la nieve del suelo o de los árboles, y su huella sería visible, pero nada hemos visto. No, evidentemente son monstruos marinos jugueteando.

En efecto, mientras escrutábamos el panorama intentando descubrir de qué se trataba, el misterio se aclaró por sí solo: cuando pasaron cerca de la orilla, distinguimos diversas cuadrillas de leones marinos nadando veloces y saltando de vez en cuando fuera del agua como lo haría una manada de marsopas. Al ver un número tan grande de aquellos animales, que desde hacía algún tiempo se habían vuelto extremadamente raros —hasta el punto de que temíamos que hubieran desaparecido del todo—, experimentamos una alegría inmensa, pero ¡ay!, no iba a durar demasiado. Momentos después, observando sus movimientos, comprendimos que aquellos anfibios se reunían antes de abandonar la bahía. Quedamos definitivamente convencidos cuando vimos a las diversas cuadrillas unirse en una sola y dirigirse hacia la entrada principal del puerto. ¡Los leones marinos migraban! Soy incapaz de expresar la congoja en nuestros corazones. Se marchaba nuestro alimento cotidiano, la condición de nuestra supervivencia. Deprisa, todos a una corrimos hacia la orilla, echamos el bote al agua y, agarrando los remos, nos pusimos a remar con todas nuestras fuerzas para alcanzar la isla Ocho con la esperanza de encontrar aún algunos rezagados, pues nuestra provisión de carne fresca se había agotado casi del todo. Pero nuestro viaje fue en vano: la playa estaba desierta; ni siquiera vimos al rey Tom, y supusimos que había abandonado su territorio favorito. No hubo más remedio que regresar a Epigwait con las manos vacías.

Estábamos tristes, desmoralizados. Nuestra perspectiva eran varios meses de penuria. ¿Seríamos capaces de soportarlos? Lo primero que tuvimos que hacer fue racionar: a partir del día siguiente nos obligamos a comer solamente los pocos trozos de carne sazonada que habíamos colgado de las vigas de la cabaña. La sal y el humo habían conservado en buen estado la carne, pero la grasa se había puesto rancia y le daba un sabor de pescado podrido. Como no teníamos alternativa, no nos quedó más remedio que seguir recurriendo a esa comida, aunque nuestra salud se resintió, lo cual nos hizo temer lo peor en el futuro inmediato. Más que nunca intentábamos añadir a nuestra dieta mejillones, pescado y algunos cormoranes que cazábamos con el fusil en los peñascos. Pero como ya he dicho, el tiempo no nos permitía salir a pescar a menudo y, en cuanto a las aves, sólo raras veces nos decidíamos a cazarlas, pues no queríamos malgastar la munición que nos quedaba sin saber si el esperado rescate tardaría aún mucho tiempo en producirse. Nuestra situación era desesperada.

Miércoles, 1.º de junio de 1864

Hace mucho frío: el termómetro marca -2° C. Desde el 23 del mes pasado ha hecho mal tiempo casi todos los días. La abundante lluvia y el viento del noroeste han deshecho la nieve, excepto en las cimas, donde las heladas la han solidificado y añadido una nueva capa a los glaciares que coronan los picos. Finalmente el cielo se ha abierto un poco y el disco solar aparece a ratos entre los vapores blanquecinos que flotan ligeramente por encima de las montañas. Cuando brilla, aunque con luz pálida, todos los glaciares refulgen y lanzan miles de destellos, como si fueran diademas de diamantes.

Estos últimos días hemos vivido de un poco de carne rancia y de la planta indigesta que llamamos sacchary. Estamos debilitados y enfermos, nuestra situación es cada vez más crítica.

Hoy, como el viento ha amainado un poco, hemos aprovechado la tregua para echar el bote al mar e ir a ver si en el brazo oeste encontramos algún león marino. La bahía, que antes casi nunca atravesábamos sin ver muchos de aquellos animales, está ahora completamente desierta. Hemos remado lentamente porque apenas tenemos fuerzas. Finalmente, hemos llegado a la entrada del brazo. Nos hemos detenido un momento en la isla Enmascarada para recobrar aliento y reposar un poco.

Mientras Alick amarraba el bote a la punta de una roca, Musgrave, que desde hacía un rato parecía aguzar el oído, me dijo de pronto:

—¿No es un grito de león marino lo que oigo? ¡Qué suerte si encontráramos aquí nuestra salvación!

En efecto, aquélla podía ser una magnífica noticia, pues nos evitaba tener que ir más lejos: en esa estación los días eran tan cortos que a lo sumo tendríamos tiempo de alcanzar el paso antes de que se pusiera el sol, y la perspectiva de pasar una segunda noche lejos de Epigwait, sin fuego y a la intemperie, sometidos a aquel frío, no resultaba precisamente agradable. De pronto oímos claramente un gruñido sordo. Musgrave no se equivocaba: había allí, muy cerca, un león marino. Empuñando fusil y garrotes, saltamos a tierra ágilmente y al cabo de un instante topamos con tres leones marinos. Uno de ellos era nuestro viejo conocido, su majestad el rey Tom, acompañado de dos hembras, sin duda sus esposas, tan viejas como él. ¡De modo que el rey Tom no había partido! No se había decidido a abandonar aquellos parajes que le eran familiares o bien había notado que le faltaban fuerzas, como a las dos viejas leonas, para seguir a la manada de migrantes. Seguramente había cedido su poder a algún león marino más joven, su descendiente, que conduciría a su progenie a regiones más propicias, fuera del alcance de los hombres, asesinos de sus crías, enemigos de su especie. En cuanto a él, se quedaría allí, donde había vivido y reinado mucho tiempo, y donde la muerte vendría a sorprenderlo en cualquier momento. ¿Qué le importaba? ¡Ya le quedaban tan pocos días de vida! Estos pensamientos se agolparon en mi mente en menos de lo que tardo en escribirlos al ver al viejo monarca. El Rey Tom nos reconocía; dejó atrás a sus dos compañeras y vino a nuestro encuentro lanzando su habitual rugido desafiante. Nos resultaba muy difícil matar a aquellos pobres animales, sobre todo al viejo león marino cuya vida siempre habíamos respetado; pero la necesidad era apremiante: la hambruna amenazaba y no era posible echarse atrás. Pocos instantes después los tres animales inertes yacían en el fondo de nuestra pequeña embarcación. Un poco antes de las cuatro llegábamos a Epigwait. Ya estaba oscuro.

Esa noche, al terminar nuestra clase (pues no habíamos renunciado a nuestra escuela), íbamos a ponernos a jugar cuando George, que había salido un momento, entró gritando: «¡Vengan a ver, rápido, vengan a ver!». Lo seguimos y descubrimos un espectáculo maravilloso: era una aurora austral en toda su magnificencia. Hacía muchísimo frío, había dejado de soplar viento, las nieblas habían desaparecido y el cielo estaba completamente despejado. Las estrellas palidecían ante las lenguas de fuego de distintos colores que emergían en el horizonte y se elevaban hasta el cenit rápidas como rayos, pero sucediéndose sin interrupción. Al sur, la aurora era permanente: un gran arco de una luminosidad pálida que despedía serpientes de fuego en todas direcciones. No podíamos apartar la mirada de aquel espectáculo, ni dejar de admirarlo. ¡Cuánto serena la visión de esos prodigios! Ante esas manifestaciones imponentes de la naturaleza y de la omnipotencia del Creador, uno se olvida de sí mismo y de sus miserias.

Más tarde, durante la noche, se produjo otro fenómeno igual de sorprendente que el primero: un temblor de tierra nos despertó de un sobresalto. Fue un movimiento de nornordeste a sursuroeste. Venía acompañado de un ruido peculiarísimo, que parecía el de mil carros descendiendo por una pendiente rocosa. La vibración duró diez o quince segundos durante los cuales nuestras camas, las mesas y la casa entera, temblaron con fuerza. Quedamos aterrorizados. Algunos tizones encendidos saltaron fuera de la chimenea sobre los tablones de madera del suelo; nos apresuramos a recogerlos y a echarlos de nuevo en la lumbre. Ya no conseguimos volver a conciliar el sueño. Aguardamos el amanecer sentados en círculo frente a la chimenea. Cogimos la Biblia y leímos algunos pasajes. Escogimos aquellos que trataban de la clemencia de Dios, de su bondad con todas sus criaturas, hasta las más insignificantes, cuya subsistencia procura, y sobre todo con los hombres, su criatura privilegiada, a la que ama con amor de padre:

El Señor es clemente y compasivo,
paciente y lleno de amor.
No nos trata según nuestros pecados,
no nos paga según nuestras culpas.
Pues como el cielo dista de la tierra
abunda su amor para con sus fieles.[7]

¿Se olvida una madre de su criatura,
deja de amar al hijo de sus entrañas?
Pues aunque una madre se olvidara,
yo jamás me olvidaré de ti.[8]

Aunque se muevan las montañas
y se vengan abajo las colinas,
mi cariño por ti no menguará,
mi alianza de paz se mantendrá
dice el Señor que te quiere.[9]

Estas palabras, que tan bien se aplicaban a nosotros y al peligro del que acabábamos de salvarnos, nos devolvieron la serenidad y la esperanza.

[7] Salmos 103, 8, 10, 11.   [8] Isaías 49, 15.   [9] Isaías 54, 10.

XIV

EXCURSIÓN AL BRAZO OESTE – DESCUBRIMIENTO DE UN ANTIGUO CAMPAMENTO – LOS RESTOS DEL NAUFRAGIO

Se acercaban los días más cortos del año. El sol no salía antes de las ocho y media y se ponía entre las tres y las cuatro de la tarde, de modo que desde hacía algunas semanas nuestros hábitos también se habían ido modificando poco a poco. En vez de levantarnos, como hacíamos al principio, a las seis de la mañana para ir a cortar leña antes del desayuno, permanecíamos en la cama hasta las siete y media. Sólo el que estaba a cargo de la casa durante la semana se levantaba antes que los demás para encender el fuego y preparar la primera colación.

Lunes 13 de junio de 1864

Hace mucho frío. El amanecer ha sido precioso y el mar está en calma. A las cinco de la mañana, Alick se ha despertado, más pronto que de costumbre, y ha salido a mirar qué tiempo hacía. Luego, después de echar algunos leños en la chimenea para avivar el fuego casi extinto, ha despertado a Musgrave y le ha dado el parte del tiempo propicio que nos permitía salir de excursión a la bahía.

Las idas y venidas de Alick y Musgrave, sus voces, el fuego que crepitaba alegremente en el hogar lanzando mil chispas y la llama que crecía jadeando en la garganta de la chimenea terminaron por despertarnos.

—Venga, muchachos —nos exhortó Musgrave, que ya había salido a comprobar el estado del cielo—, ¡en pie y en marcha! Hace buen tiempo, la ocasión es perfecta para echar el bote al

129

mar. Iremos al brazo oeste: ahí es donde tendremos más posibilidades de hacer buena caza y renovar nuestras provisiones. Toca ocuparse del asunto si no queremos quedarnos cortos.

Apenas nos llevó unos minutos saltar de nuestras camas de musgo, vestirnos, lavarnos en el arroyo y tomar un poco del caldo de la noche anterior que Alick acababa de calentar; después descendimos a la playa. Alick y George llevaban la marmita grande de hierro llena de cenizas calientes y encima habíamos colocado algunos rescoldos. La pusieron en el bote y fueron a buscar un buen trozo de una de las velas del *Grafton*, destinado a servirnos de tienda en caso de que tuviéramos que terminar pasando una segunda noche lejos de nuestra vivienda. Era Musgrave quien había tenido la excelente idea de llevar el fuego. Como la madrugada era muy fría, aquel pequeño brasero nos fue de mucha ayuda. Empezó a soplar una brisa suave del norte que era una bendición, pues nos permitió izar nuestra vela y nos ahorró tener que remar.

Al amanecer desembarcamos en la isla Enmascarada con la esperanza de encontrar allí algún león marino, pero la recorrimos de punta a punta en vano: estaba absolutamente desierta. Había que volver a echarse al mar e ir más lejos.

Navegamos por el estrecho pasaje que separa la pequeña isla de la tierra; luego, después de rodear un cabo en forma de península, nos adentramos en el brazo oeste. A unos cuatrocientos metros del cabo, mientras bordeábamos la costa norte del brazo, descubrimos un estrecho paso en el que nos adentramos. Como el viento que salía del paso era contrario, recogimos la vela y nos pusimos a remar. Al cabo de diez minutos llegamos a una bahía pequeña y encantadora, completamente protegida, donde podían fondear perfectamente tres o cuatro navíos. A la entrada de aquel paso la profundidad de las aguas era de siete brazos y el fondo de arena fangosa, luego iba disminuyendo gradualmente hasta las tres brazas, cerca de la orilla que formaba el fondo de la bahía, donde desembocaban dos arroyos de agua cristalinas.

Desembarcamos, arrastramos el bote hasta la orilla y descubrimos un claro bastante grande salpicado de tocones y troncos cortados con hacha. Era evidente que hasta allí habían llegado hombres. Trepamos dejando atrás los troncos y, en el centro del prado, descubrimos los restos de dos cabañas derrumbadas, carcomidas y podridas a causa de la humedad. Aquellos vestigios eran más antiguos que los que habíamos encontrado en la isla Ocho.

Regresamos a la playa y la seguimos hasta la desembocadura de uno de los arroyos. No vimos el menor rastro de leones marinos, pero había una bandada de pájaros que parecían negretas, salvo por el pico, más parecido al de los cormoranes. De un disparo abatí a cuatro: el almuerzo estaba asegurado. Mientras Alick iba a buscar en el bote un rescoldo encendido para hacer una hoguera y asar nuestras aves, y George las desplumaba, Musgrave y yo regresamos al arroyo. Apenas habíamos dado algunos pasos por la orilla cuando Musgrave tropezó y estuvo a punto de caer. El obstáculo contra el que había chocado su pie era un objeto blanquecino, medio hundido en la turba: al examinarlo de cerca reconocimos un ladrillo. Un poco más lejos, al pie de un árbol inmenso, había un montoncito de ellos, aunque tan cubierto por la turba y las hojas secas que, de no ser por el tropiezo de Musgrave, jamás lo habríamos advertido. Seguramente lo habían dejado los viajeros que acamparon en el prado cercano y que debieron de instalar allí un horno donde fundir la grasa de los leones marinos. Como nos pareció que en un momento dado aquellos ladrillos podrían resultarnos de utilidad, nos los llevamos. A aquella bahía le dimos el nombre de Camp Cove, es decir, cala del Prado.

Después de haber dado buena cuenta de nuestra caza, que nos pareció deliciosa, volvimos a izar la vela y seguimos recorriendo el brazo oeste. Hasta entonces no habíamos visto un solo león marino, pero un poco antes de llegar a la isla Monumental vimos uno nadando cerca de la costa de la isla Adams, a algunos cientos de metros del paso. Era un macho viejo, casi tan venerable como el rey Tom. Comprendimos, por sus movimientos, que buscaba un lugar favorable en tierra para descansar. De inmediato, temiendo asustarlo, recogimos la vela y detuvimos el bote maniobrando con los remos. El animal salió del agua, se deslizó lentamente entre dos rocas y se dirigió hacia las hierbas altas que bordeaban el bosque y marcaban el límite de las grandes mareas. La playa era accidentada, rocosa; el animal parecía cansado y se detuvo para recobrar el aliento. De pronto, alzando la cabeza, se puso a mirar por encima de una piedra y nos vio; retrocedió un poco, ¿regresaría al agua y se nos escaparía? Procurando no hacer ruido, cargué mi fusil y le apunté. La espera, la ansiedad, se advertían en el rostro de mis compañeros. El león marino, indeciso, ora giraba la cabeza hacia la orilla, adonde la prudencia le aconsejaba regresar, ora miraba hacia las hierbas altas, que lo invitaban a reposar.

—¡No se ponga nervioso, tómese el tiempo necesario para apuntar! —me susurraba Musgrave al oído.

¿Debía disparar? ¡Estaba tan lejos! Pero si aguardaba, la presa podía escapárseme. Abrí fuego e hice diana; el león no estaba muerto, pero tenía la mandíbula desgarrada y estaba completamente aturdido, lo cual nos daba el tiempo necesario para desembarcar. Bastaron unos pocos golpes de remo para llegar a la orilla, cerca del lugar donde el animal se debatía entre la vida y la muerte. Saltamos a tierra, nos abalanzamos sobre él y antes de que supiera dónde estaba lo rematamos con nuestros garrotes. Entre los cuatro lo arrastramos hasta el bote. Lo conseguimos a duras penas: estoy seguro de que no pesaba menos de cuatrocientos kilos.

No queríamos abandonar aquel lugar sin volver a contemplar, desde lo alto del acantilado, el espectáculo que ofrecía el paso que ya he descrito. Al descender de nuevo, encontramos una polla de agua que George cazó hábilmente de una pedrada. En la playa hicimos otro descubrimiento: un trozo de verga y una porta de madera de abeto. ¿De dónde procedían aquellos objetos? Seguramente los había arrastrado hasta aquella playa alguna marea reciente, pues en nuestra primera visita no las habíamos visto. Tal vez se había producido un naufragio cerca de allí. Ante esta posibilidad, encendimos un fogata grande; una humareda densa se elevó hasta el cielo: si había náufragos en los alrededores, la verían sin duda. En cuanto a lanzar algunos disparos, era malgastar munición: el ruido de las olas y su reverberación en las cavernas de los acantilados habría hecho imposible escucharlos. Exploramos los alrededores, pero no encontramos a nadie. Como el día avanzaba, y retrasar el retorno era cada vez más imprudente, partimos, pero por más maña que nos dimos no conseguimos llegar a Epigwait hasta las cuatro, cuando ya había anochecido.

¿De dónde procedían los restos del naufragio que habíamos encontrado en la playa? ¿De alguna embarcación a la que una tempestad había golpeado o bien de un naufragio, como habíamos supuesto inicialmente? Nunca lo supimos. Pero de lo que no hay duda es de que los naufragios son frecuentes en aquellos parajes, puesto que casi todos los navíos que van de Australia a Europa pasan cerca de las Auckland, que están en la línea de sus rutas. No puedo evitar señalar, a propósito, cuán importante sería que estas islas, situadas en la zona del globo más expuesta a las tempestades, no estuvieran del todo abandonadas a los elementos, sino que se estableciera un faro o una estación que se visitara de vez en cuando para que los desdichados náufragos pudieran ser rescatados sin tanta demora. Me permito llamar la atención del gobierno inglés, tan preocupado siempre por los intereses de su comercio y por la seguridad de sus súbditos. Ojalá que nuestro caso, junto al del *Invercauld* y el del *General Grant*,[10] que, como el *Grafton*,

---

[10] El buque escocés *Invercauld* naufragó el 11 de mayo de 1864, cuatro meses después del *Grafton*. Los diecinueve sobrevivientes originales de su tripulación vivieron en las Auckland al mismo tiempo que Raynal y

se han perdido en los últimos años en las costas de esas islas desiertas, contribuya a esta dichosa causa. Qué consuelo para quienes han sufrido, y hasta para los que ahora mismo sufren, saber que su desgracia no será estéril, sino que tendrá consecuencias beneficiosas, ¡que un día, para otros, será tan sólo el precio que hubo que pagar por su salvación! Si así fuera, creo que resultaría recompensa suficiente para nosotros.

sus compañeros, pero nunca llegaron a encontrarse. Al cabo, sólo tres náufragos del *Invercauld* consiguieron salir de las islas. Por su parte, el *General Grant*, estadounidense, se hundió el 13 de mayo de 1866; sobrevivieron diez miembros de su tripulación.

XV

PENURIAS − EL PUENTE − EN EL FONDO DEL PRECIPICIO − BENDICIONES

Poco tiempo después volvimos a vernos obligados a mordisquear unos pocos pedazos de carne rancia sin saber qué comeríamos al día siguiente. Durante tres días enteros habíamos recorrido infructuosamente los alrededores de Epigwait buscando entre los matorrales y por todas partes alguna cosa que llevarnos a la boca. Por mi parte, había ido al cabo de Raynal para intentar pescar, pero no había tenido suerte: luego de una pesca insignificante de dos o tres bacalaos regresé con el saco prácticamente vacío. En cuanto a los mejillones, no nos era posible pescarlos: todavía no había llegado la época de las grandes mareas y el mar no bajaba lo suficiente.

¡Ah, qué tristes eran las noches después de aquellas jornadas! Nuestras clases eran lamentables, estábamos demasiado desanimados, demasiado preocupados para prestar atención. Y todavía teníamos menos ganas de jugar: ¿cómo se puede jugar cuando la única perspectiva es la muerte? Nos acostábamos pronto y, como estábamos agotados, dormíamos. Por lo menos durmiendo no pensábamos en nuestra penosa situación.

Al final del tercer día de hambruna, antes de acostarnos, hicimos una humilde plegaria al Todopoderoso, al Señor de todas las cosas, explicándole nuestros sufrimientos y dejando nuestra suerte en sus manos. Al día siguiente volví a salir de caza desde el alba. Cogí mi fusil; me proponía cazar cormoranes. Desgraciadamente esos pájaros, que empezaban a conocernos y a temernos, ya no venían más que muy de vez en cuando a posarse sobre las rocas cercanas, y los pocos que se posaban allí alzaban el vuelo en cuanto nos veían aparecer. No obstante, logré cazar tres, que hacia el mediodía llevé a la cabaña con una actitud algo melancólica: me habían costado dos disparos, un precio muy alto. Nos parecieron deliciosos, aunque tenían un defecto: eran demasiado pequeños. Como Alick no estaba, le guardamos religiosamente su parte. También él había partido por la mañana para explorar la costa hacia el norte.

Acabábamos de terminar nuestra frugal colación cuando lo vimos regresar: se deslizaba por un acantilado, a menudo más deprisa de lo que parecía desear, cargando en la espalda un pesado fardo. Corrimos hacia él. ¡Ah, qué suerte, le había ido bien la caza! Lo que cargaba era un cachorro de león marino de unos siete u ocho meses y unos setenta kilos. Había cargado con semejante fardo desde lo alto de la bahía, ¡por aquellos caminos! El noruego era un muchacho valiente y fuerte que, a pesar de hablar poco, sabía lo que hacía. Nos explicó que a un kilómetro y medio más allá de la bahía de los patos había visto en el suelo el rastro fresco de un león marino apenas cubierto por una fina capa de nieve. Lo había seguido a través de la maleza y había terminado topando con una vieja hembra y su cría. Después de una persecución sumamente penosa, había logrado alcanzarlos y matarlos a los dos. Había dejado a la madre en la playa y traído el cachorro. Nos pusimos inmediatamente en marcha para ir a buscar a la leona, siguiendo a Alick, quien, aunque fatigado, volvió sobre sus pasos para mostrarnos el camino. Harry se quedó en la cabaña: debía prepararnos una buena colación para la noche. Musgrave había tomado la delantera con el noruego, yo los seguía a unos cien metros de distancia y George iba a la cola, a cincuenta pasos por detrás de mí.

Más o menos a mitad de camino, poco antes de llegar a la bahía de los patos, había un acantilado que se adentraba en el mar. Al pie yacían montones de afiladas rocas desprendidas y, como el mar las cubría cuando había marea alta, estaban llenas de algas resbaladizas. Para evitar aquel paso difícil, me adentré en la maleza seguido de George. Musgrave y Alick continuaron por la orilla del mar. Al otro lado del acantilado, en una ensenada, había un pantano alimentado por un hilillo de agua que caía desde lo alto deslizándose por una grieta estrecha y profunda, sin duda formada por la acción incesante del agua sobre la piedra musgosa y blanda. A unos veinte metros del suelo, la grieta daba con una especie de bóveda o arco natural: raíces de árboles que iban de un extremo a otro y sobre las cuales se había formado una espesa capa de turba. En esta parte cubierta que a partir de entonces llamamos el Puente, la grieta tenía unos dos metros de ancho y unos diez de profundidad. La entrada de la cueva estaba completamente cubierta de plantas de hojas anchas, helechos y lianas sobre las cuales colgaban numerosas raíces largas como greñas; más arriba aún podían verse dos líneas de vegetación que terminaban confundiéndose en una sola: ya ni siquiera se percibía la grieta que recubrían; en lo alto, las ramas de los arbustos se entrelazaban y formaban una cúpula de hojas que no dejaba penetrar más que una penumbra indecisa. Era uno de los lugares más peligrosos y resbaladizos de aquella parte de la costa.

Fui hacia aquel paso seguido de George. Agarrándome a los troncos de los árboles, resbalando entre los helechos, apartando las lianas y las grandes hojas salpicadas de gotas de agua, avanzábamos tan deprisa como nos era posible, pues queríamos alcanzar a Musgrave y Alick al otro lado del acantilado. De pronto, a pocos pasos de mí, escuché el ruido de un animal que huía. Me detuve apenas un segundo y entonces pude verlo: era un león marino, un joven macho de alrededor de dos años; garrote en mano, me puse a perseguirlo. Corría tan deprisa como podía; logré acercarme varias veces y estuve a punto de golpearlo, pero no lo hice porque temía errar a causa de los obstáculos y prefería esperar y acertar de seguro. Asustado, el animal se las ingeniaba para escurrirse. De repente escuché un cuerpo voluminoso caer a dos pasos por delante de mí. El león marino acaba de desaparecer en la grieta, que en aquel lugar tenía unos quince metros de profundidad. Apenas logré detenerme y evitar caer también en el precipicio agarrándome a un arbusto que crecía en el borde del agujero. Me levanté deprisa, pues el frenazo me había hecho caer al suelo, y le grité a George que fuera a vigilar la salida del barranco desde la playa: el león, que avanzaba ruidosamente en el fondo de la grieta, parecía dirigirse hacia el mar.

Al cabo de unos diez minutos escuché la voz de George que, desde su puesto de vigilancia, me decía que aún no había visto salir nada. Pensé que el animal se habría detenido bajo el puente y decidí descender yo mismo hasta allí para hacerlo salir. Me colgué la cuerda de mi garrote al cuello, me agarré con las dos manos de las raíces y las lianas que colgaban de las paredes a la altura en que la foca había caído y me deslicé hasta quedar a unos pies del fondo, adonde llegué dando un salto sin lastimarme. Estaba completamente oscuro. Tanteando las paredes de la fosa y con los pies hundidos en agua helada, seguí la pista del león marino. Al cabo de unos instantes empecé a ver un poco mejor. Cerca del puente, la grieta, como ya he señalado, era más ancha y mucho más profunda que en el lugar hasta donde yo había descendido. Encontré allí una espesura de lianas y raíces colgantes tan enredadas que formaban una gruesa cortina. Me agaché para pasar por debajo y avancé algunos pasos. Estaba en una caverna oscura; tan sólo penetraba un débil hilo de luz a través de la angosta y baja abertura que daba al pantano. Pero en aquel punto los espacios eran mucho más amplios que en la garganta: las dos paredes, tan próximas en lo alto, estaban muy separadas en la base. Entre ellas el arroyuelo de agua clara se deslizaba ruidosamente por el suelo inclinado buscando la salida, junto a la cual, en uno de los lados, advertí al león marino inmóvil: sin duda había visto a George haciendo guardia afuera y había decidido protegerse.

Había la claridad justa para vigilar los movimientos de mi adversario que, tan pronto como oyó mis pasos, se volvió, lanzó un rugido colérico y, desesperado, se lanzó contra mí. Por suerte, como yo estaba en la oscuridad, tenía ventaja sobre el animal. No obstante, sabía que sólo podría asestarle un golpe y que debía acertar, pues de lo contrario estaría a su merced. Sujetando con las dos manos mi garrote y alzándolo a la altura de los hombros con los ojos clavados en mi presa aguardé a que se pusiera a tiro. ¡Y allí estaba! Abrió las fauces y se lanzó contra mí… Yo descargué el golpe: mi garrote hendió el aire y se abatió sobre la cabeza del animal. Había logrado dar en el blanco. Lanzando un profundo jadeo, el león marino se desplomó en el suelo de la caverna, dio unos pocos aletazos y luego se quedó inmóvil. Lo rematé con mi cuchillo, lo arrastré como pude —no fue tarea fácil, pues pesaba unos doscientos kilos— y, aprovechando la corriente del arroyo, lo deslicé hasta la salida de la grieta. George me ayudó a sacarlo. Después, no tuve más remedio que echarme boca abajo en el agua helada del arroyo y tomar el mismo camino. Al levantarme chorreaba como un tritón, tiritaba y castañeteaba los dientes bajo el cierzo que me pegaba las ropas empapadas al cuerpo. Tras sacar a nuestra presa del pantano, cuya superficie estaba cubierta de una ligera capa de hielo, tuvimos que trocearla enseguida en cuatro pedazos, dos de los cuales colgamos de las ramas de un árbol; los otros dos nos los cargamos a la espalda y regresamos a Epigwait.

Cayó la noche y nuestros compañeros Musgrave y Alick no habían regresado. Sin duda nos esperaban y debían de estar preocupados por nosotros. Después de cambiarme de ropa y tomar un farolillo que habíamos recuperado del *Grafton*, salimos a buscarlos. Cuando llegamos a la bahía de los patos, cerca del primer arroyo, escuchamos el eco de un grito: eran ellos que, al vernos, o más bien al ver la luz de nuestra linterna, habían lanzado un grito de alegría. A pesar de toda su diligencia, la oscuridad los sorprendió y, temiendo aventurarse por las rocas de los acantilados o cruzar por la espesa maleza, se habían resignado a pasar la noche allí. Nos mostraron el lugar donde, tras haberse descargado de sus fardos, se disponían a descansar apretados uno contra el otro bajo un enorme tronco hueco y muy inclinado que los habría protegido un poco en caso de lluvia. Como estaban ateridos de frío, encendimos un fuego con unas pocas ramas secas; después de calentarnos un poco, emprendimos el regreso a nuestra cabaña. George iba delante con la linterna. No llegamos hasta las nueve de la noche.

Abrimos la puerta y, al entrar en la estancia, ¡qué espectáculo se ofreció a nuestros ojos! ¡Qué contraste con el paisaje que acabábamos de dejar atrás! Afuera, la noche, el frío intenso, el silbido del viento; adentro, la luz y el calor. Un buen fuego crepitaba en la chimenea, la atmósfera cálida nos envolvía, las lámparas encendidas llenaban la estancia de una alegre claridad. La mesa estaba puesta con un esmero mayor que de costumbre; nuestra vajilla, a pesar de ser tan rústica, brillaba impoluta. En medio, presidiendo, un enorme pedazo humeante del joven animal que había cazado Alick por la mañana y que nuestro *chef*, Harry, había asado al punto. ¡El buen Harry! Evidentemente había querido dar un aire festivo a aquel día en que, después de la hambruna, después de la desesperación, la abundancia y la seguridad habían vuelto a nuestro hogar. Se alegró al advertir la felicidad en nuestros rostros .

Pero no contemplamos pasivamente aquella atractiva mesa demasiado rato: nos sentamos aprisa y, empuñando cuchillos y tenedores, nos dispusimos a dar cuenta del asado… Musgrave, serio, casi solemne, permaneció de pie. Lo entendimos de inmediato y, levantándonos enseguida, nos pusimos a bendecir a la Providencia, que sin duda había atenido nuestras plegarias de la víspera. ¿Acaso podía responder de un modo más rápido, directo y generoso a nuestras súplicas? Nuestros corazones estaban henchidos de emoción y agradecimiento.

XVI

LA CUMBRE DE LA CAVERNA — NOS SORPRENDE LA NIEBLA — VISITA AL PUERTO DEL CENTRO — LAS GROSELLAS — UNA IDEA IRREALIZABLE

Martes, 9 de agosto de 1864

He aquí el resumen de la última semana: tres días de helada seguidos de tres días de tempestad ininterrumpida y de un huracán que soplaba desde todos los rincones del cielo con una violencia atroz, causando destrozos en los árboles de la costa.

Esta mañana, como ha amainado y el cielo se ha abierto, Alick y yo hemos querido intentar ascender la montaña situada detrás de nuestra cabaña, una ascensión que ya han hecho nuestros compañeros, pero en la que ni él ni yo pudimos participar.

Tras ímprobos esfuerzos conseguimos llegar a la cima, desde donde pudimos disfrutar de las espléndidas vistas que Musgrave nos había descrito ya: un prodigioso caos de cimas, picos, abruptos peñascos cortados por acantilados, valles y precipicios, rodeado por todas partes por la apacible inmensidad del océano. Frente a nosotros, a poca distancia, se alzaba una cima en la que se veía una caverna negruzca; nuestros compañeros no habían tenido tiempo de visitarla, pero nosotros conseguimos llegar a ella después de una larga y peligrosa travesía a lo largo de una angosta arista de la montaña. De cerca, nos pareció que aquella caverna no era sino un antiguo cráter. Uno de sus lados se había hundido; el otro, que había permanecido en pie, sobresalía como media bóveda por encima del abismo. Los alrededores estaban cubiertos de escorias y, en el lado menos elevado, aún podía distinguirse el lecho de un torrente de lava que bajaba hasta un valle profundo situado al pie de la ladera por el lado del puerto de Carnley. Cuando descendimos al interior de la caverna pudimos examinarla a placer: el aspecto vidrioso de las paredes nos confirmó su origen volcánico.

Hasta entonces no habíamos corrido ningún peligro real: nos felicitábamos de haber decidido hacer aquella excursión, pero el regreso estuvo lejos de ser afortunado. Habíamos dejado atrás la caverna, estábamos más o menos a mitad del camino que la separaba del primer pico, cuando de golpe nos vimos envueltos por una densa neblina. Nuestra situación era muy crítica. No osábamos dar un paso, pues la arista de la montaña era muy angosta y el menor movimiento en falso podía precipitarnos en el abismo. Asimismo, dado el frío que hacía, quedarse inmóvil resultaba igualmente peligroso, además de sufrido: si el entumecimiento que empezábamos a sentir acababa paralizándonos, nos sumiríamos en el fatal sueño al que ningún esfuerzo de la voluntad es capaz de sobreponerse, y entonces estaríamos perdidos, condenados a perecer en aquella cumbre solitaria. Sin duda nuestros compañeros vendrían a buscarnos y terminarían encontrándonos, pero ¿cuándo? Seguramente al día siguiente, y entonces ya sería demasiado tarde. Permanecimos cerca de una hora sumidos en aquella neblina, presas de los temores más angustiosos, lamentando nuestra imprudencia. Alick se acercó a mí; yo sujeté su mano helada, que ya empezaba a no sentir. Finalmente se levantó una brisa de suroeste y en pocos instantes se llevo la nube que nos envolvía. Era una brisa helada, cortante, pero ¡cuánta alegría nos daba notarla golpeando nuestro rostro, pues al mismo tiempo la veíamos hacer jirones y arrastrar la bruma que nos retenía! En cuanto pudimos volver a ver, reemprendimos el camino con una energía que enseguida devolvió a nuestros miembros el calor y la agilidad. Realizamos el descenso de la montaña sin mayores incidentes. Ya era de noche cuando llegamos a la cabaña, donde nos aguardaba la cena.

Dos días después (puesto que el día siguiente de la excursión había llovido sin tregua), echamos el bote al mar para ir al puerto del Centro (Middle Harbour), que todavía no habíamos visitado. Es el menor de los tres brazos de mar que son, por así decirlo, ramificaciones del puerto de Carnley. El agua allí es tan profunda como en los otros dos brazos, excepto en un extremo, donde la bahía forma un codo y se dirige hacia el sur. Varios barcos podrían anclar perfectamente en estas aguas de siete brazos de profundidad con un fondo de arena arcillosa mezclada con restos de conchas. En este pequeño puerto desembocan diversos arroyos que, cuando hay marea baja, dejan un surco profundo y bastante extenso en la playa de grava. Uno de estos arroyos, el del sur, nace en un pico vecino al que, debido a su apariencia escalonada, le dimos el nombre de Torre de Babel.

Después de desembarcar y dejar el bote en tierra, nos pusimos a explorar la costa. Mis compañeros andaban a algunos pasos de distancia cuando un objeto de color rojo, situado en una hondonada en la linde de la maleza, atrajo mi mirada. Me acerqué y, para mi sorpresa, descubrí un arbusto de más o menos un metro de altura lleno de unos pequeños frutos rojos que parecían maduros. Las hojas, duras, abundantes y pequeñas, se parecían bastante a las del boj. Me sentí maravillado ante aquellos frutos, maduros en pleno invierno. Primero probé uno, luego varios: estaban deliciosos. Tenían más o menos el tamaño, la forma y el sabor de las grosellas. Sin embargo, no crecían en racimos, sino que cada grano coronaba un corto tallo perpendicular a una ramita y una hoja. Eran tan abundantes que, de lejos, el arbusto parecía una gran bola roja salpicada de puntos de un verde oscuro. Ansioso por anunciar mi descubrimiento a mis camaradas e invitarlos a compartir mi regalo, estuve a punto salir corriendo y avisarles a gritos, pero me contuve para no perturbar la escena que, según descubrí, tenía lugar a poca distancia: también ellos habían hecho un hallazgo. Cuando acababa de separarme de ellos para adentrarme en la maleza, al no escuchar el ruido de mis pasos, se habían vuelto para comprobar si los seguía, y entonces habían advertido la presencia de un león marino, aún chorreando agua, que se había acercado al bote y examinaba el interior con muchísimo interés. Una vez satisfizo su curiosidad, como seguramente no se sentía demasiado protegido en aquel lugar, regresó a la orilla olfateando con un aire feroz; luego dio un salto y volvió a sumergirse en el mar.

Mientras tanto, Musgrave, agachándose, casi arrastrándose por el suelo, se había ido acercando lentamente al bote. Cuando lo vi desde la linde de la maleza, estaba acuclillado detrás de la embarcación, inmóvil, sujetando mi fusil y apuntando, preparado para disparar en cuanto el león marino se pusiera a tiro. Éste, sin embargo, no parecía muy dispuesto a salir del mar. Sus movimientos eran muy extraños: iba y venía nadando frente al bote, como si le costara alejarse de él; de vez en cuando incluso lo veíamos asomar la cabeza y parte del tronco por encima de las aguas poco profundas, apoyándose y alzándose sobre sus aletas delanteras, para seguir contemplando aquel objeto extraordinario. Musgrave, temiendo que se alejara demasiado, escogió un momento en que el animal alzaba la cabeza y se quedaba inmóvil contemplando su objeto favorito para apuntar y abrir fuego. La bala le atravesó el cráneo y desapareció bajo el agua. Un segundo después los cuatro estábamos en la barca, remando con todas nuestras fuerzas. Una inmensa mancha rojiza en la superficie del mar indicaba el lugar donde estaba el cuerpo del león, desangrándose; como sólo había tres o cuatro pies de profundidad, lo pescamos enseguida pero, como no podíamos embarcar una carga tan pesada sin arriesgarnos a zozobrar, lo remolcamos hasta la orilla.

Cuando terminamos la operación, llevé a mis compañeros hasta el arbusto oculto en la maleza y les mostré mis grosellas, que tuvieron un éxito inmenso. En pocos minutos limpiamos completamente varios arbustos iguales que descubrimos en los alrededores. Nunca antes habíamos hecho una recolecta tan copiosa. Yo me llevé las semillas de aquel arbusto para donarlas, si tenía la suerte de regresar a mi patria, a la Societé d'Acclimatation o al Jardin des Plantes. Me pareció que no había duda de que, con algunos cuidados, podía sumarse a las muchas plantas útiles y agradables de las que ya disfrutamos en Europa.

Al regresar a la playa, Harry cazó con su garrote a un albatros que añadimos a nuestro botín. Regresamos muy contentos a la casa: había sido una jornada estupenda… La misma alternancia de hambruna y abundancia relativa y, en consecuencia, de desaliento y esperanza, se produjo durante las semanas siguientes. Septiembre transcurrió del mismo modo. Los episodios de caza y pesca de aquel mes difieren poco de los que ya he tenido ocasión de contar. Lo que hizo que resultara particularmente penoso fue el mal tiempo, que nos retuvo prácticamente cautivos en la cabaña. Las borrascas, la lluvia, el granizo, la niebla… todos los demonios atmosféricos se daban cita para celebrar sus aterradoras saturnales durante la estación de equinoccio en aquellos parajes inhóspitos.

Por fin llegó octubre y recobramos un poco la entereza. Lo más duro del invierno había pasado: era la época en que, ya fueran nuestros socios o el gobierno, podían, y debían, enviar desde Sídney un navío a buscarnos. Nuestras esperanzas renacieron, pues, con renovadas fuerzas. Musgrave propuso apostar a un vigía en la península que llevaba su nombre: en cuanto avistara una nave entrando en el puerto encendería una hoguera preparada de antemano en la punta que más se adentra en el mar; el fuego atraería la atención de la tripulación, que lanzaría inmediatamente un bote al mar para recoger al vigía. Éste, a su vez, conduciría a la embarcación hasta la cala del prado, donde podría anclar sin peligro, y por fin podría ir a Epigwait a avisar a sus camaradas. Finalmente, todos embarcaríamos en el navío desde el cual diríamos adiós para siempre a las islas Auckland.

El 4 de noviembre, ilusionados con aquel proyecto, o más bien con aquel sueño, fuimos en bote a buscar un lugar donde uno de nosotros pudiera establecerse. Después de doblar la península y asegurarnos de que nuestra señal aún existía, bordeamos la costa rocosa que queda frente al puerto. Allí, cerca de una pequeña ensenada cuyo contorno habíamos ido siguiendo, llegamos a un precipicio que se adentraba en la bahía. Era un enclave inmejorable. Ascendimos hasta la cima del acantilado, desde donde vimos no sólo el puerto de Carnley sino, más allá, entre los dos promontorios de la entrada, alta mar. Habíamos encontrado el lugar ideal, pero a la hora de ejecutar nuestro proyecto advertimos montones de dificultades en las que no habíamos reparado antes, cegados por el entusiasmo. Aquel lugar estaba muy alejado de Epigwait y sería necesario aprovisionar a menudo de víveres a quien estuviera haciendo de vigía. Puesto que uno de nosotros siempre estaría obligado a quedarse en la cabaña, tan sólo habría tres disponibles para ocuparse de la caza e ir a abastecer a nuestro compañero: no daríamos abasto. ¿Y qué pasaría cuando el mal tiempo nos impidiera navegar? Además, sería necesario construir otra choza para dar cobijo al vigía, y sabíamos por experiencia la dificultad de aquel trabajo y el largo tiempo que requería. ¿Tendríamos que ir diariamente a aquel lugar, tan alejado de nuestro campamento, durante varias semanas? ¿Y quién se ocuparía de nuestra subsistencia en aquella estación de escasez, cuando todo nuestro tiempo a duras penas bastaba para conseguir algo de comer?

Decididamente aquel plan era irrealizable; era una quimera soñada en un arrebato de ilusión: era preciso renunciar a ella. El regreso fue lúgubre. Nuestra confianza en las cosas y los hombres había menguado. ¿Y si ningún navío llegaba a rescatarnos? ¿Y si estábamos destinados a permanecer allí, olvidados del mundo, durante largo tiempo, o para siempre, hasta que el hambre o la desesperación acabaran con cinco desdichados que cada día tenían menos fuerzas y menos valor para seguir luchando?

XVII

MIS EXPERIMENTOS COMO APRENDIZ
DE ZAPATERO — CONJETURAS DESESPERANTES —
EL RETORNO DEL BUEN TIEMPO —
LOS ESTUDIOS GEOGRÁFICOS

Tanto daba cuál fuera nuestro estado de ánimo, pues nuevas necesidades surgían sin tregua, desencadenando la actividad de mentes y brazos, lo cual fue, como ya he dicho, nuestra salvación. A lo largo de aquel noviembre concluyó por fin la operación de curtido que había iniciado cuatro meses antes. Las pieles, saturadas de tanino, habían adquirido un color rojizo. Estaban algo tiesas, un sinfín de arrugas surcaban su superficie, pero nos urgía usarlas para reemplazar los mocasines de piel mohosos y reblandecidos que desprendían un olor desagradable. Hacía tiempo que mis compañeros se veían obligados a usarlos, y a mí poco me faltaba mucho para tener que recurrir a aquel calzado incómodo que poco protegía los pies contra la humedad y los accidentes de un suelo invariablemente rocoso.

Saqué las pieles del barril donde las tenía en remojo y las dejé un tiempo sobre el tronco de un árbol para que escurrieran. Antes de que estuvieran completamente secas, las llevamos a la cabaña, donde el calor las ablandó un poco. Conseguimos extenderlas sobre las paredes gracias a unos pequeños tarugos de madera. Algunos días más tarde estaban secas y las arrugas más profundas habían desparecido: nos proporcionaron un cuero de excelente calidad.

Con el éxito creció la ambición. Lo que acabábamos de conseguir estaba tan por encima de nuestras esperanzas que se me ocurrió la idea de hacer, no ya mocasines, sino auténticos zapatos. Para ello era preciso disponer de herramientas pero, como no las teníamos, nuestra primera tarea fue fabricarlas.

Construimos un punzón clavando una aguja de coser las velas en un pedazo de madera que hacía las veces de mango y nos permitía golpear sin romperla: nos serviría para perforar la suela e introducir los clavos de madera destinados a sujetarla a la piel que cubriría el pie. Durante varias tardes nos pusimos a fabricar estos clavos. Entre los vestigios del *Grafton* encontré un trozo de plancha de abeto noruego, duro, rojizo, resinoso, de vetas rectas y regulares, fácil de cortar. Con la pequeña sierra de mi navaja de mano la dividí en un montón de trocitos de una pulgada de largo. Con la ayuda de su cuchillo de mano, Alick se puso a cortar los trocitos primero en un sentido y luego en el otro, como si estuviera haciendo cerillas, y produjo unas astillas finas que los demás afilaron por uno de los extremos.

Por mi parte, probé de confeccionar un par de hormas. Para ello me serví de la madera blanca de un árbol que crecía en la isla (uno de los tres que he mencionado), escogiéndola preferentemente de los troncos de árboles muertos hacía poco, a fin de que estuvieran casi secos y, al mismo tiempo, la madera resultara aún cómoda de trabajar. La fabricación de aquellas hormas me dio muchísimo trabajo. Estropeé los dos primeros pares; sólo al tercer intento me pareció conseguirlo, aunque la experiencia me descubrió después que me equivocaba.

Luego reparé en que necesitaba procurarme hilo y pez. Regresé entonces a los vestigios del naufragio, donde, rascando con mi cuchillo los flancos del viejo navío, conseguí alquitrán seco. Le añadí un poco de aceite de león marino y derretí la mezcla: obtuve una pez bastante satisfactoria. El hilo lo fabriqué con hebras de la tela de una vela; en la punta de cada rollo entretejí cerdas de la melena del león marino: con ello hacía los extremos más finos y más resistentes, lo cual debía facilitarme la operación de coser. Como el punzón que me había fabricado para perforar la suela era demasiado grueso, confeccioné un segundo, más fino, con otra aguja cuyo grosor reduje con la muela de afilar. Esta segunda aguja me serviría para

coser las distintas piezas del empeine. Cuando todos los pre-
parativos estuvieron listos, me puse manos a la obra: empecé
mi primer par de zapatos.

Al cabo de una semana de trabajo había producido lo que
un aprendiz de zapatero de pueblo podría lograr que un leña-
dor le aceptase por pura fatiga, y eso sólo si este último fuera
un hombre notablemente cándido. Sin embargo, admito que
mi obra no dejaba de producirme una inmensa satisfacción.
Pero, ¡ay!, ésta se desvaneció muy pronto: cuando llegó la
hora de retirar las hormas simplemente no pude conseguirlo. Algunos clavos de la suela se habían hundido firmemente en la madera. Además, la abertura de los zapatos era demasiado estrecha. No me quedó más remedio que golpear y tiro-
near. Al cabo logré sacarlas, pero comprometí seriamente la
solidez de mi obra.

Aprendida esta lección, en adelante me las compuse para
evitar aquel inconveniente. Me animé a cortar mis hormas en
dos trozos, de modo que pudiera retirar primero el tacón y
luego la punta. Fue todo un progreso, pero no bastó: era preciso encontrar la manera de impedir que la horma, ahora di-
vidida, se desplazara o se moviera dentro del zapato. Lo conseguí realizando en la parte superior de las dos mitades una
profunda ranura longitudinal en la que encajé una pequeña
cuña de madera. Cuando metía esta pieza las dos partes quedaban perfectamente sujetas y formaban una pieza compacta; cuando la retiraba, volvían a ser independientes. Asimismo, con la barrena hice un agujero en cada una de las mitades
para pasar un cordel que me permitiera tirar de ellas para reti-
rarlas. En cuanto al sistema para impedir que las hormas quedaran unidas a la suela, nada resultaba más fácil: bastaba con
hacer los clavos de madera más cortos. Gracias a estos sucesivos perfeccionamientos, conseguí llevar en los pies un excelente par de zapatos. Mis compañeros no tardaron en seguir
mi ejemplo y muy pronto los cinco tuvimos calzado nuevo.
No llegaré al extremo de afirmar que aquellos zapatos ha-

brían podido exhibirse en los elegantes escaparates de las zapaterías de París, pero la elegancia no era un fin para nosotros. Habíamos dado a nuestros pies una magnífica protección contra la humedad, el frío y las duras superficies de las piedras: ése era nuestro objetivo.

Como he dicho, también habíamos curtido unas pieles de cachorro de león marino sin quitarles el pelo: ésas las utilizamos para confeccionar ropa. Pese a los constantes remiendos, nuestras viejas prendas estaban tan gastadas que bastaba el menor roce contra un árbol o con la piel de una presa que llevábamos a la espalda, o incluso la mera fuerza del viento, para hacerlas jirones. Pero muy pronto los dos marineros y el cocinero estuvieron íntegramente ataviados, de la cabeza a los pies, con pieles de león marino. Musgrave y yo nos conformamos con hacernos cada cual un gabán que nos echábamos encima cuando llovía.

Pese a todo, pasaban los días y el esperado barco no aparecía. Según nuestros cálculos habría debido partir de Sídney a comienzos de octubre, inmediatamente después del mal tiempo del equinoccio de septiembre. Nos resultaba imposible evitar hacer las conjeturas más pesimistas para nosotros y menos halagüeñas para el honor de nuestros socios. ¿Acaso se habrían olvidado de la palabra que nos habían dado solemnemente, una palabra que la probidad más elemental, por no hablar de la amistad, les obligaba a cumplir? ¿O quizá se habían encontrado con que les resultaba imposible cumplir su promesa y el gobierno de Nueva Gales, al que se habían visto obligados a recurrir, había rechazado atender su demanda, desdeñando la humanidad de la misma? Musgrave era a quien más desesperaban estos tristes pensamientos.

—Si sólo se tratara de mí —me había repetido cien veces— no me importaría. Pero mi mujer, mis hijos, que dependen enteramente de mí, son víctimas de mi mala suerte: cada día de retraso debe de agravar sus sufrimientos y confirmar la dolorosa convicción de que estoy muerto y ellos abandonados a su suerte.

Por momentos, su exasperación era tal que se ofuscaba y adoptaba las decisiones más absurdas. Declaraba que quería abandonar la isla a cualquier precio, que se embarcaría solo y regresaría a Australia. Y cuando yo lo obligaba a reflexionar y le mostraba que un intento como aquél equivaldría a un suicidio, me espetaba:

—¿¡Y qué más da!? ¿Qué importa, si igualmente estamos destinados a morir en esta isla? Mejor terminar cuanto antes. ¿Para qué seguir viviendo? ¿De qué sirve mi vida aquí?

Sin embargo, a veces las conjeturas, menos pesimistas, de alguno conseguían devolverle la confianza incluso a Musgrave. ¿No era posible que ya hubieran mandado un navío a buscarnos pero que, en el viaje, hubiera sufrido desperfectos? En ese caso habría tenido que hacer escala en algún puerto, tal vez en Nueva Zelanda… ¿Por qué desesperar? Tal vez era tan sólo un retraso de algunos días, a lo sumo de algunas semanas.

Una circunstancia feliz nos permitió recobrar la serenidad: los leones marinos regresaban. Una mañana, a comienzos de noviembre, vimos una manada de aquellos animales (unas veinte hembras) retozar en la bahía, enfrente de Epigwait, y luego proseguir su camino hacia la isla Ocho. La semana siguiente, nuevas manadas, más numerosas, en las que se encontraban los machos, vinieron a poblar las aguas del puerto de Carnley, particularmente del brazo del norte. Además de que su regreso era para nosotros una garantía de que no moriríamos de hambre, también representaba lo que en nuestros países supone el retorno de las golondrinas: el anuncio del verano. Y en efecto, con el mes de diciembre volvieron los días buenos (sólo era posible llamarlos así por comparación con los otros): las lluvias y las tempestades eran menos frecuentes; la niebla, menos espesa, nos dejaba ver más a menudo el cielo azul y el sol. Solamente de vez en cuando se producía un fenómeno singular: la temperatura, templada, bajaba de pronto bajo cero, y luego, con la misma rapidez, volvía a subir. Estas variaciones atmosféricas repentinas se debían a los enormes icebergs que, a comienzos del verano, se desprendían de los hielos del Polo Sur. Empujados por los vientos y las corrientes, estos icebergs pasaban de vez en cuando cerca de las costas de las Auckland.

Si algún día teníamos la suerte de volver a vivir entre los hombres, convenía que el tiempo transcurrido en las Auckland no fuera simplemente una aventura personal sin ningún provecho para la ciencia, de modo que nos impusimos el deber de aprovechar el buen tiempo para hacer algunas observaciones solares y lunares, a fin de precisar, en la medida de lo posible, la posición geográfica del archipiélago. Pero el horizonte natural, limitado por las montañas de la bahía, no podía ser menos idóneo para este propósito, de modo que decidimos crearnos un horizonte artificial vertiendo alquitrán líquido en un plato, lo cual nos proporcionó un reflector magnífico, muy superior al agua que el viento rizaba y agitaba. Sacando el promedio de una serie de observaciones que apenas variaban entre sí, obtuvimos estos resultados: latitud sur, 50° 52' 30"; longitud al este del meridiano de París, 163° 55' 21".

Para concluir el mapa del puerto de Carnley que habíamos decidido trazar necesitábamos determinar las posiciones relativas de los diferentes puntos de la costa interior. Para ello empleamos, como ya he dicho, un sistema de triangulación por medio de la brújula. El contorno de la costa exterior me lo proporcionó más tarde el capitán Norman, comandante de la corbeta a vapor *Victoria*, y sus oficiales, que lo trazaron con ocasión de un viaje a las islas. Las observaciones que me dieron a conocer, relativas a la situación del puerto de Carnley, corresponden casi exactamente con las nuestras (hay una diferencia de unas dos millas). También coinciden con las que hizo sir James Clark Ross, en puerto Ross, en 1840. Según estos nuevos estudios, el grupo de las Auckland se encuentra cincuenta millas más al oeste de lo que indicaba Laurie en su mapa publicado en 1853, Norie en su *Epitome of Practical Navigation* y Findlay en su *A Directory for the Navigation of the Pacific Ocean*.

XVIII

PROYECTO DE SALVACIÓN – CONFECCIÓN
DE UN FUELLE PARA LA FORJA – DEDICACIÓN
A LA OBRA COMÚN – EL YUNQUE

El 25 de diciembre de 1864, día de Navidad, de celebración
para todos los cristianos, de felicidad íntima para todas las fa-
milias, continuábamos en la isla. Ningún día me resultó más
penoso ni estuvo más lleno de recuerdos lacerantes. Me fue imposible emplearme en ninguna tarea, concentrarme en la realidad. Mi pensamiento vagaba en todo momento, huía lejos,
más allá de los mares, hasta mi patria. Todas las escenas a las
que da lugar esta gran celebración aparecían ante mis ojos con
una nitidez extraordinaria: veía las calles llenas de bullicio-
sas multitudes, oía las campanas tañir sonoras… De las igle-
sias brotaban cantos sacros mezclados con los acordes del ór-
gano y el conjunto formaba un concierto a un tiempo alegre
y solemne cuya armonía yo me obstinaba en evocar. Sin embargo, sufría, pues sentía que yo no formaba parte de la celebración, que estaba separado de aquel mundo por un abismo
infranqueable. Luego caía la noche, afuera se hacía el silencio,
las calles quedaban desiertas y todas las ventanas de las casas
se iluminaban. En cada estancia la mesa estaba puesta y toda
la familia, desde el abuelo hasta los nietos, se apresuraba a
sentarse alrededor. Los comensales intercambiaban comen-
tarios alegres, de vez en cuando estallaba una risa y todos los
rostros se contagiaban de alegría. Pero de pronto aquellas se-
ductoras imágenes se desvanecían para dar paso a otra escena, triste y lamentable: en una pequeña estancia sombría,
silenciosa, veía a dos personas sentadas una junto a otra cerca de un fuego que habían dejado apagarse; eran mi padre y
mi madre. Las nieves del tiempo habían cubierto sus cabe-
llos, marchitado sus rostros, e iban de luto. Para ellos no ha-

bía feliz Navidad, ni cena familiar. Tenían la cabeza gacha, no hablaban, tan sólo lloraban... Lloraban a su hijo, al que creían muerto.

Para sustraerme a estas visiones tan dolorosas, me sacudí el sopor en el que había estado sumido. Me levanté del banco donde llevaba horas sentado con los codos clavados en las rodillas y la cabeza hundida entre las manos y miré a mi alrededor. Mis compañeros estaban echados en el suelo, cerca de sus camas, mudos, y una profunda tristeza ensombrecía sus rostros. Evidentemente eran presa de los mismos pensamientos amargos, de la misma desesperación que yo. Observé durante unos instantes aquel espectáculo y luego, en menos de lo que se tarda en contarlo, sentí producirse en mí un giro de ciento ochenta grados; al abatimiento le sucedió una especie de exaltación: tras un arrebato de amor propio, indignación y algo próximo a la cólera, mi corazón se rebeló, se puso a palpitar agitado y, con voz grave y firme, grité:

—¡No podemos seguir así, es una insensatez, una cobardía! ¿De qué nos sirve lamentarnos y desesperar? Puesto que los hombres nos han abandonado, de nosotros depende nuestra salvación. Es imposible que con buena voluntad, firmeza y perseverancia, no consigamos salir de aquí. Tenemos que conseguirlo, o por lo menos debemos intentarlo. ¡Valor, pues, y manos a la obra!

Mis camaradas alzaron la cabeza y me miraron asombrados, pero mi exhortación no produjo en ellos demasiado efecto: mi entusiasmo no pareció animarlos. Me preguntaron qué quería decir. Les expuse entonces la idea que acababa de ocurrírseme y que, mientras exponía, iba cobrando en mí la consistencia de un proyecto perfectamente meditado.

—Quiero decir —les aclaré— que puesto que nuestro bote es demasiado pequeño y frágil para hacer una travesía larga: debemos construir una embarcación más grande y sólida en la que podamos abandonar la isla y llegar a Nueva Zelanda.

A pesar de la autoridad que había ido ganando entre mis compañeros y la confianza que me tenían, debida al éxito que desde nuestro naufragio habían tenido casi todas mis iniciativas, no dieron a mi propuesta la acogida que yo esperaba. Unos palidecieron y enmudecieron ante la aterradora perspectiva de aventurarse en un mar constantemente agitado por las tempestades; otros objetaron las dificultades insuperables que, según ellos, impedían la ejecución de una empresa semejante. No insistí, pero me prometí ponerme de inmediato manos a la obra en solitario, confiando en que un primer éxito fuese el argumento más poderoso para convencer a mis compañeros.

Al día siguiente ya tenía claro mi plan. Para construir una embarcación primero era preciso disponer de las herramientas necesarias (pues, como ya he dicho, no teníamos más que un martillo, un hacha bastante usada, una barrena y una vieja azuela prácticamente inservible), y para fabricar las nuevas herramientas me resultaría imprescindible disponer de una forja. Así que para empezar debía ocuparme de crear una forja, es decir, un fogón, un yunque y un fuelle. Este último sería el instrumento más complicado y de lejos el más difícil de confeccionar: empecé por él.

Me fui de buena mañana a visitar el *Grafton*, o más bien lo que quedaba de la pobre goleta: el mar había destruido las obras vivas, sólo quedaba el casco entreabierto y, sin embargo, aún firmemente clavado entre las rocas. Con una palanca desprendí algunas láminas de cobre, una gran cantidad de clavos de cabeza grande y varios tablones partidos por las olas. De pronto, mientras estaba enfrascado en mi trabajo, sentí frío en el pecho y advertí que la marea subía y que era hora de regresar a la orilla. Me retiré con mi preciado botín.

Necesité más de ocho horas para construir una máquina que hiciera las veces de fuelle de la forja. Esta máquina se componía de tres paneles de madera que por un lado describían un semicírculo y por el otro estaban cortados en punta. Los paneles los había hecho con tablones estrechos unidos unos a otros con travesaños fijados con tarugos de madera. La sierrita de mi navaja de mano me había servido para cortar los tablones y la barrena para perforar los agujeros en los que se hundían los tarugos. Las juntas entre los tablones las sellé con estopa procedente de las jarcias deshechas. De los tres paneles, el que debía ocupar el centro era el más largo; terminaba con un tubo de cobre cuyo diámetro iba estrechándose hasta la base. Lo había hecho enrollando una lámina de cobre en la barra de hierro que me servía de palanca y había unido los bordes doblándolos un par de veces sobre sí mismos, como hacen los hojalateros. Luego había encajado la base en dos piecitas de madera cóncavas que, unidas, formaban una especie de abrazadera, y que fijé con tarugos al extremo de mi panel. Los otros dos paneles, un poco menos largos que el primero, los uní a éste por el lado que acababa en punta con dos bisagras que hice con cuero de foca. De este modo tenían movimiento, podían elevarse y bajar a voluntad sobre la pieza central, que permanecería inmóvil, mientras que el fuelle quedaría fijado entre dos postes por detrás del fuego. En medio de dos paneles, el de debajo y el de en medio, había practicado dos agujeros redondos a los que fijé dos válvulas de cuero destinadas a abrirse para que entrara aire y a cerrarse para echarlo fuera. Finalmente terminé el instrumento forrando los lados con una piel de foca convenientemente cortada y clavada en cada uno de los tres paneles.

Al comienzo de la semana siguiente les presenté a mis compañeros un auténtico fuelle de forja con dos compartimentos, es decir, de doble acción, capaz de echar un chorro de aire constante, y cuya potencia, cuando lo probamos, superó todas mis previsiones. Como había esperado, aquel resultado visible y palpable fue más elocuente que todas las razones que habría podido esgrimir para convencer a mis camaradas. Frente a aquel primer éxito se disiparon sus dudas y la esperanza volvió a llenar sus corazones. Aproveché aquel momento propicio para preguntar quién deseaba ayudarme. Recibí por respuesta un grito unánime: todos se ofrecieron para trabajar en aquella obra común, todos tenían prisa por recuperar el tiempo que su incredulidad y sus vacilaciones les habían hecho perder. A partir de entonces nos vimos obligados a cambiar el orden de nuestras tareas: se imponía trabajar más; era preciso dividir las faenas y cada cual asumió una parte de ellas en proporción a sus fuerzas y a sus capacidades.

El lector recordará que cuando construimos nuestra casa aún nos quedaban algunas provisiones salvadas del naufragio. Ellas nos permitieron aplicarnos a aquel trabajo de construcción sin tener que ocuparnos demasiado de la caza de leones marinos. Pero a partir de entonces sólo gracias a la unión de nuestros esfuerzos conseguimos procurarnos los medios para sobrevivir. Si queríamos que nuestro proyecto llegara a buen puerto, era necesario que dos de nosotros se encargaran en solitario de satisfacer las necesidades de todos. Esta responsabilidad la aceptaron de buen grado George y Harry, los más jóvenes del grupo. En ellos dos recaería la dura labor de cazar y pescar, así como de cocinar, lavar, mantener la ropa de todos en condiciones y ocuparse de la cabaña, trabajo ímprobo, abrumador, que realizaron durante los siete meses que se prolongó la construcción de nuestra embarcación con un coraje y una entrega que no flaquearon en una sola ocasión. Salvo por dos o tres veces en que la caza resultó infructuosa y tuvimos que echarles una mano, ellos solos se bastaron para realizar todos los trabajos que hasta entonces nos habían ocupado a los cinco.

Alick, nuestro noruego, no se llevó mejor parte: tenía que alimentar de carbón de madera la forja, que consumía una gran cantidad. Era un trabajo penoso, que exigía una vigilancia constante tanto de día como de noche. Primero había que cortar madera, formar una pira de seis a ocho metros cúbicos, luego revestirla de una capa de turba, encender el fuego en el centro y vigilar que ardiera. En este punto era preciso superar una gran dificultad: si la capa de turba era demasiado espesa (no disponíamos de otra tierra), el calor producía una gran cantidad de vapor de agua que la reblandecía y la diluía en lodo; formaba entonces un envoltorio compacto, hermético, que el aire no podía atravesar, y el fuego se apagaba. Era preciso, pues, que la capa de turba fuera delgada; pero si lo era demasiado se secaba enseguida, se agrietaba, y el viento, introduciéndose por las grietas, activaba en exceso la combustión y la hoguera crecía desmesuradamente: al día siguiente en vez de carbón encontrábamos cenizas. Sólo había un medio de evitar este inconveniente, y era vigilar constantemente el estado de la costra de turba y, en cuanto empezaba a agrietarse, tapar las grietas de inmediato con algunas paladas de turba nueva. Ésta era la dura tarea que le correspondía al pobre Alick: trabajar de sol a sol y, mientras los demás reposábamos, dormir sólo a medias, siempre con un ojo abierto, y levantarse veinte veces cada noche. Sin embargo, la desempeñó hasta el último día sin quejarse jamás. Cualquier elogio que pueda hacerse de semejante abnegación se queda corto.

En cuanto a Musgrave, él debía ayudarme a construir la embarcación y asistirme en los trabajos de la forja. Ambos empezamos construyendo, junto a la chimenea, un cobertizo de láminas de cobre sacadas de los flancos de la goleta. Al amparo de este tejado instalamos nuestro fuelle y la forja y, delante de ella, un gran horno de mampostería cuya plataforma hicimos con los ladrillos que habíamos encontrado en la cala del prado.

Sólo me faltaba disponer de un yunque. Primero pensé en utilizar una piedra plana, como había hecho a menudo en Australia cuando, tras adentrarme en el interior, lejos de cualquier lugar habitado, me había visto obligado a reparar yo mismo mis herramientas melladas o rotas por culpa de las excavaciones en las minas. Pero las piedras se rompen con facilidad y la necesidad de reemplazarlas constantemente nos habría retrasado mucho. Una vez más recurrí al *Grafton*, una mina inagotable, y entre los quince toneles de chatarra que había en la bodega tuve la suerte de encontrar un bloque de hierro de unos cuarenta centímetros de largo y diez de grosor con las dos caras perfectamente lisas. Sólo tuve que engastarlo firmemente en un gran tronco para obtener un yunque excelente.

XIX

LA FABRICACIÓN DE LAS HERRAMIENTAS — LA ADOPCIÓN DE UN NUEVO PLAN — LA BARRENA ROTA

El 16 de enero, de buena mañana, nuestra forja se puso en funcionamiento por primera vez. El carbón crepitaba al rojo vivo y el fuelle, que manejaba Musgrave, lanzaba un sonoro ronroneo que nos parecía la música más agradable del mundo.

Yo me dediqué primero a fabricar un par de tenazas planas en forma de tijera para sujetar y colocar en el yunque los pedazos de hierro al rojo vivo que debía trabajar. Pero ¡cuánto me costó conseguir fabricar aquel instrumento! Tuve que intentarlo más de veinte veces antes de lograrlo.

—¡Ánimo! —me decía Musgrave, que me veía desconcertado cada vez—. Nuestra salvación depende de su perseverancia. Inténtelo de nuevo; al final lo conseguirá.

Calenté dos nuevos trozos de hierro: dos viejos pernos completamente oxidados. Esta vez intenté evitar los errores que había cometido en mis anteriores intentos y al cabo de una hora de trabajo enfebrecido había terminado un par de tenazas que eran casi irreprochables.

—¡Bravo! —gritó Musgrave, feliz— ¡Lo ha conseguido! Ya es usted un maestro de la forja. ¡A trabajar! ¡Forjemos el hierro mientras está caliente!

Vencido por la fatiga y por la emoción, dejé caer el martillo y me apoyé contra uno de los pilares del cobertizo; no me avergüenza admitir que corrían por mis mejillas lágrimas de alegría.

Poco a poco fui volviéndome más diestro y antes de un mes ya había terminado tres pares de tenazas de diferentes tamaños, tres punzones, un molde para hacer los clavos, un par de pinzas, un cincel para cortar el hierro, un martillo grande para golpearlo, dos más pequeños para forjarlo y varios objetos menores que, preveía, me resultarían de utilidad. Durante la primera semana de febrero, ya formado por la experiencia, saqué más trabajo del que había hecho en los quince primeros días. Con los picos que habíamos llevado para cavar en busca de minas, y que tenían la punta de acero, fabriqué varios cinceles y gubias de carpintero. Con la lámina de una pala, de un temple excelente, hice las hojas de una garlopa. El resto de la lámina lo empleé para formar las hojas de un hacha y de dos hachuelas. El aro de una barrica, estirado y sujeto a un marco de madera, se convirtió en una sierra cuyos dientes, cortados con un cincel, afilé más tarde; y con una tira de cuero fijada a la esquina derecha de un listón de madera me hice una escuadra. En otra lámina del mismo metal, de un metro de largo, tracé cien divisiones, todas a la misma distancia: aquel instrumento debía servirme para medir.

Para completar mi instrumental ya sólo me faltaba una barrena suficientemente larga como para perforar las piezas grandes de madera que formarían parte de la obra muerta de nuestra embarcación. Casi había terminado esta herramienta pero, cuando hubo que hacer el tirabuzón que debía clavarse en la madera, no lo conseguí. Intenté durante dos días más, infructuosamente: cada vez quemaba el hierro y, en vez de terminar mi obra, la destruía. Tuve que admitir la derrota ante una dificultad que desafiaba todos mis esfuerzos y renunciar a aquella tarea imposible, a pesar de la tristeza que me causaba. Aquel fracaso tuvo importantes consecuencias pero, como el lector verá más tarde, no resultó desastroso. Contribuyó, eso sí, a que modificara mi plan inicial y concibiera un nuevo proyecto que discutí largamente con Musgrave, quien finalmente me dio su aprobación.

Reuní entonces al resto de los compañeros, les comuniqué el resultado de nuestras reflexiones y los invité a deliberar con nosotros. Les expliqué que mi primera propuesta, a pesar de no ser irrealizable, presentaba muchas dificultades que el en tusiasmo del primer momento me había impedido advertir; que la construcción de una embarcación de diez o quince toneladas (no era posible pensar en hacerla más pequeña) exigiría una enorme cantidad de materiales, tanto madera como hierro, y que nos veríamos obligados a hacer esfuerzos inmensos para fabricar montones de piezas, puesto que los tablones del viejo *Grafton* ya no tenían la solidez ni la flexibilidad necesarias y los sinuosos árboles de la isla no eran precisamente idóneos para sacar de ellos tablones nuevos; que apenas teníamos una vaga idea del número de clavos, pernos, clavijas, estructuras de todo tipo que tendríamos que fabricar y, en fin, que lo que más me asustaba era la inmensa cantidad de tiempo que exigiría semejante trabajo: en las condiciones en que nos hallábamos, no podía calcular menos de un año y medio, tal vez incluso dos años... ¿Estábamos seguros de poder aguantar tanto, de resistir las privaciones, las miserias de toda naturaleza que nos infligiría un segundo y probablemente un tercer invierno en las Auckland?

Me apresuré a añadir que no había renunciado en absoluto a nuestro proyecto de escapar, que lo único que proponía, de acuerdo con Musgrave, era modificarlo: nos serviríamos de nuestro pequeño bote, que tan útil había probado ser y que lo sería aún más cuando lo reforzáramos y ampliáramos. Lo pondríamos, pues, en el astillero. Le añadiríamos una falsa quilla que nos permitiría darle un metro más de largo en la popa, luego elevaríamos los flancos al menos un pie para que fuera más profundo y por fin podríamos partir. Este trabajo no excedía nuestras fuerzas y me parecía que podríamos concluirlo en cuatro o cinco meses. El nuevo proyecto tenía un inconveniente, que yo era el primero en reconocer y en lamentar: era preciso abandonar la atractiva idea de partir los cinco juntos: en la embarcación cabrían a lo sumo tres de nosotros. Pero, ¿en realidad era un inconveniente? ¿Acaso no era más prudente aquella opción? Si quienes se embarcaran terminaban pereciendo en el mar —era absurdo negar que ése podía ser su destino—, por lo menos los otros dos se salvarían, y siempre existía la posibilidad de que tarde o temprano los rescatara algún navío. Si, por el contrario, la travesía era un éxito, si los que partieran consiguieran alcanzar Nueva Zelanda o cualquier otra tierra habitada, lo primero que procurarían sería enviar a buscar a los compañeros que seguían en las Auckland.

Mis camaradas me escucharon en silencio. Parecían desconcertados, decepcionados. Permanecieron callados largo rato hasta que, por fin, Harry tomó la palabra:

—Dudo mucho —dijo con amargura— que estos bonitos proyectos acaben bien. Por mí, prefiero quedarme aquí: no pienso embarcarme en su cáscara de nuez.

Los otros dos, a pesar de lamentar que no fuera posible el primer proyecto, al que se habían sumado con tanto entusiasmo, reconocieron que el segundo era más factible; Alick, sobre todo, lo secundó francamente y declaró que él sólo pedía partir en cuanto el bote estuviera en condiciones de echarse al mar. Mi propuesta fue, pues, aceptada.

A partir del día siguiente retomamos nuestros trabajos con celo. George y Harry siguieron siendo los encargados de la casa y la caza, Alick volvió a ocuparse de hacer carbón, Musgrave y yo proseguimos nuestros trabajos de herrería y carpintería. Por la mañana, de acuerdo con nuestros nuevos planes, cortamos algunos árboles y transportamos los troncos a orillas del mar. Después de hacer groseros tablones con las hachas, los dispusimos en el suelo, en paralelo a la orilla, a un pie de distancia unos de otros, como las vigas de un suelo. Habíamos establecido nuestro astillero en el límite de la marea alta (indicada en la playa por una línea de plantas marinas secas), en una zona donde la inclinación debía permitirnos deslizar fácilmente la barca hasta el mar cuando estuviera lista para navegar. Con uno de los mejores tablones que habíamos logrado hallar entre los vestigios del *Grafton*, le añadimos al bote una falsa quilla, más ancha que la antigua, y fijada sólidamente con cuatro pernos remachados en el interior. Luego lo colocamos en el astillero con la proa mirando hacia la bahía. Conseguimos mantenerlo horizontal e inmóvil deslizando entre las vigas del suelo y la quilla unas cuñas que aumentaban progresivamente de grosor a medida que se aproximaban a la proa. Seis estays, tres a cada lado, sostenían el casco e impedían que vacilara. Cuando terminamos de sujetar el último, George llegó a la playa a buscarnos y nos advirtió de que el cronómetro marcaba las nueve. Y, en efecto, caía la noche. Puesto que era imposible trabajar a oscuras, abandonamos el astillero para ir a la forja, donde durante varias horas forjamos el hierro a la luz rojiza del brasero cuya combustión avivaba el fuelle.

A partir de aquel momento, como deseábamos concluir aprisa nuestra obra para poder embarcarnos antes de que llegaran los peores meses del invierno, redoblamos nuestros esfuerzos. Despertábamos a las seis de la mañana, nos poníamos de inmediato manos a la obra y, salvo por las cortas interrupciones debidas a la necesidad de comer, no abandonábamos el trabajo antes de las diez o las once de la noche. Durante el día trabajábamos generalmente en la armazón de la embarcación; por la noche, invariablemente acudíamos a la forja, pues era preciso preparar los materiales necesarios para el día siguiente: clavos, clavijas, pernos, etcétera. En ocasiones, Harry y George reemplazaban a Musgrave en el fuelle y me ayudaban a forjar el hierro; entretanto, Musgrave confeccionaba nuevas velas con la vieja vela del *Grafton* y preparaba el aparejo de la barca. Aquel trabajo de marinero, que además de gustarle le permitía mostrar sus mejores aptitudes, era su triunfo, mientras que, cuando se trataba de manejar el hacha o la garlopa, o de hacer de carpintero, era definitivamente menos diestro, y a menudo se quejaba y se mortificaba, lo cual siempre me resultaba muy gracioso.

Recuerdo que un día estaba yo trabajando solo en el cobertizo forjando una cantidad de pequeños pernos para fijar al bote las nuevas partes que acabábamos de terminar. Musgrave se había quedado en el astillero, donde estaba perforando las piezas de madera con la barrena antes de colocarlas. El caso es que de pronto lo vi ascender por el talud y venir hacia mí. Avanzaba lentamente, tenía el rostro demudado, como un criminal que acaba de cometer una atrocidad, y ocultaba una de sus manos tras la espalda:

—¿Qué ocurre? —le pregunté yo enseguida, asustado por su aparente desesperación.

—¡Se acabó! —me respondió él con voz grave—. ¡Se me ha roto la barrena!

Y tendiendo la mano con un ademán trágico me mostró la herramienta. A pesar de que el recuerdo de la barrena cuya punta no había logrado yo forjar me avergonzaba, no pude evitar que se me escapara una carcajada. Me costó muchísimo consolar a mi pobre amigo, aligerar el peso de los remordimientos que abrumaban su conciencia. Sólo logré que se reconciliara consigo mismo asegurándole, tras examinar la herramienta, que el problema era mucho menos grave de lo que él creía. Y efectivamente, sólo la punta de la barrena se había roto. Con ayuda de la muela de afilar logré arreglarla sin mayores dificultades.

XX

CONCLUSIÓN DE LA BARCA Y PARTIDA — LA SEPARACIÓN

Hacia finales de marzo habíamos añadido una nueva armazón a la popa de la barca. Un grueso madero (el codaste), que reposaba en el extremo de la falsa quilla, remataba la carena y se elevaba unos dos pies por encima de la antigua cubierta. Sobre éste se apoyaba un travesaño corto y ancho, contra el que descansaría el tablón de la cubierta. Cuatro piezas de hierro enclavijadas, dos a cada lado de la quilla, unían por debajo la nueva estructura a la antigua y le daban a la cubierta una solidez que debía contribuir a que la barca que resistiera los embates de las olas. En la proa aplicamos la misma solución: añadimos una nueva pieza de madera, de unos dos pies de altura, por encima del estrave o tajamar. Iba sujeta con dos largas piezas de hierro soldadas en la punta que soportaban un aro del mismo metal por el que debía pasar el bauprés; luego descendían paralelamente a cada lado de la proa hasta la falsa quilla, a lo largo de la cual se extendían un buen tramo.

Además, hubo que levantar los flancos de la barca, lo cual logramos por medio de veinticuatro nuevos trozos de madera (doce a cada lado, apoyados contra la quilla y sobre el antiguo casco) que se elevaban dos pies por encima de los antiguos flancos. Cerca de los bordes, sostenían doce travesaños sujetos entre sí mediante pequeñas piezas de madera en forma de codo, sobre las cuales debía apoyarse el tablón de la cubierta.

Ya sólo faltaba rematar la embarcación. Durante más de ocho horas, Musgrave, hacha en mano, recorrió los matorrales buscando entre los pequeños pinos de montaña que crecían allí los más adecuados para proporcionarnos tablones. Los troncos rectos de por lo menos seis pies de alto y seis pulgadas de diámetro eran escasos; cuando encontraba uno de estas características lo cortaba y lo traía a la playa, junto al astillero, donde yo había establecido nuestra serrería. Primero escuadraba cada tronco; luego, según el grosor, lo serraba en tres o cuatro tablones de una pulgada de grosor y cinco de largo. Con una sierra como la que teníamos, que cortaba mal y se desgastaba deprisa, el trabajo avanzaba lentamente. Además, los días se habían acortado tanto que apenas podíamos trabajar en el astillero más de siete u ocho horas cada día. En cambio, las noches eran largas: las pasábamos en la forja, haciendo clavos. Esto último era más laborioso de lo que jamás habríamos sospechado. No eran clavos ordinarios, redondos y terminados en punta; tenían un largo de tres pulgadas y la cabeza era prácticamente cuadrada, pero luego se iban estrechando progresivamente hasta la punta: parecían pequeñas cuñas finas y afiladas. Como las clavábamos en diagonal en las fibras de la madera, no existía el peligro de que se partieran, y además hacía que cumplieran mejor su función. Debíamos hacer cincuenta clavos cada noche. Como jamás nos acostábamos antes de cumplir el objetivo, normalmente el martillo no dejaba de golpear contra el yunque hasta las once de la noche. A veces incluso eran ya las doce cuando apagábamos el fuego y abandonábamos la forja para irnos a acostar.

Finalmente, a principios de mayo nos pareció que teníamos suficientes materiales para comenzar la tablazón de la barca. Sin embargo, creímos necesario tomar una última precaución: someter nuestros tablones a la acción del vapor de agua para reblandecerlos antes de clavarlos a los flancos de la barca. Colocamos, pues, una marmita de agua sobre un horno construido con piedras planas y cubrimos todo con un tonel desfondado cuya tapa era una piel de foca sujeta con un aro de hierro. Allí fuimos metiendo los tablones sucesivamente para someterlos al vapor del agua hirviente.

La barca no quedó enteramente recubierta y rematada hasta mediados del mes de junio. La construcción del timón me causó no pocas penas: tuve que dedicarle dos días enteros de trabajo. Y más tiempo aún necesité para fabricar y colocar los tres pares de goznes que debían fijarlo firmemente al codaste y permitirle obedecer al menor movimiento. También era preciso sellar las juntas entre los tablones. Gracias a un mazo y a un cincel muy fino, conseguí rellenarlas de estopa que Harry y George habían hecho la víspera con viejas jarcias. Como no disponíamos de alquitrán, las untamos de una capa de masilla hecha de cal y grasa de león marino. Esta operación nos llevó hasta finales de junio.

A nuestra barca ya sólo le faltaba el mástil y el aparejo. Un pedazo de pino de Noruega que había servido de verga en la vela mayor del *Grafton* nos proporcionó un mástil excelente al que le añadimos un bauprés. Todo lo demás era asunto de Musgrave y de Alick, que, liberado de sus funciones de carbonero, pudo ponerse a la disposición del primero. Por mi parte, me ocupé de procurarnos una bomba, sin la cual habría sido una imprudencia aventurarse en alta mar. Por fortuna recordé que el invierno anterior, en una de nuestras excursiones de caza, había descubierto en la orilla del mar, entre otros vestigios que las olas habían arrojado a la costa, algo que muy posiblemente era una de las viejas bombas de madera del *Grafton*. Y no me equivocaba: la bomba seguía en el mismo lugar. Estaba bastante estropeada pero, como tenía diez pies de ancho, corté una sección de algo más de un metro que podía aprovecharse. La desbasté rebajando con el hacha una capa de madera del exterior para hacerla más manejable, le puse una válvula en la base y coloqué otra en el extremo de un pistón que, a su vez, terminaba en una barra de hierro a la que uní una espita en forma de cruz. El resultado fue una bomba bastante buena que instalamos detrás del mástil del bote.

Incluso tomamos otra precaución, que al lector tal vez le parezca exagerada, pero que más tarde probó ser indispensable. De hecho, puedo decir que a ella le debemos la vida. En la cubierta del bote, entre la bomba y el timón, había tres pequeñas escotillas de algo más de un pie cuadrado en las que decidimos introducir una especie de fundas hechas con lona de vela cuyo borde clavamos a la madera. En ellas podíamos meter las piernas para tenerlas abrigadas o sentarnos y subírnoslas hasta las axilas dejando fuera solamente los brazos. Las fundas se sujetaban con dos cintas de tela que se colocaban sobre los hombros como si fueran tirantes; así, independientemente de protegernos del frío, evitaríamos que los embates del mar nos arrastraran y, en tanto las fundas cubrían las escotillas, impedirían que el fondo de la barca se inundara. Además, como de vez en cuando tendríamos que cambiar de lugar para tomarle el relevo al agotado timonel, y por las noches, con mala mar, esta operación podía resultar peligrosa, habíamos colocado en el contorno de la cubierta ocho montantes de un pie de alto con un agujero en el extremo por el que pasaba una cuerda gruesa que hacía las veces de baranda.

Tampoco olvidamos cargar en la bodega una reserva de agua dulce. La llevábamos en un tonel cortado por la mitad que colocamos entre cuatro tablones para que se mantuviera en su sitio. Lo habíamos cerrado con una tapa bien ajustada y clavada para que el agua no se derramase con los movimientos del oleaje. En el centro de esta tapa practicamos una abertura que se cerraba con una portezuela y nos permitía introducir un tazón de hojalata. Por último, colocamos la brújula del *Grafton* en la cubierta, entre dos escotillas, cerca del timón.

Una vez terminada, nuestra embarcación —al menos a ojos de sus artífices— tenía un aspecto bastante imponente: era una barca puntiaguda, de unos diecisiete pies de largo, seis de ancho y tres de profundidad, con una capacidad de dos toneladas y media. Estaba provista de dos foques y una vela tarquina en la que podíamos tomar tres rizos. Ya sólo faltaba echarla al mar. Esta operación siempre es bastante delicada y no la acometimos sin una considerable ansiedad, pues cualquier accidente podía dar al traste con todos nuestros proyectos y destrozar en un instante el fruto de siete meses de trabajo sin tregua. Felizmente, la ejecutamos sin mayores problemas.

La víspera, aprovechando la marea baja, habíamos cons-truido en la playa, delante del astillero, una especie de rieles de madera. Estaban clavados a unos pequeños travesaños que se apoyaban en unas estacas hundidas en la gravilla de la pla-ya. La quilla debía deslizarse sin obstáculos sobre estos rieles hasta alcanzar aguas lo suficientemente profundas para man-tenerse a flote.

Era el 22 de julio, a la hora de la marea alta. Las olas avan-zaban chapoteando y bañaban un extremo del astillero. Cuan-do los bastidores quedaron completamente sumergidos, toma-mos unas robustas palancas de madera con las que levantamos la proa de la embarcación para poder retirar las cuñas sobre las que descansaba, así como las estacas que la mantenían en su sitio. Luego, Musgrave y Harry se colocaron a un lado y George y Alick al otro. Los cuatro debían mantener la barca en equilibrio sujetando bien las estacas, preparados para ba-jarla de nuevo en caso de que se produjera el menor movimien-to en falso. Mientras tanto yo, apostado en la popa, fui empu-jándola poco a poco con la palanca. Así, lentamente, paso a paso, fue adentrándose en el agua que muy pronto la elevó y la sostuvo en su superficie. No obstante, como era ligera y pro-funda, se balanceaba mucho, amenazando en todo momento con desequilibrarse y escorar. No había un instante que per-der: era preciso aumentar el lastre.

Como ya preveíamos que algo así podía ocurrir, habíamos apilado a orillas del mar un montón de chatarra. Trepé al bar-co ayudándome del trozo de madera que llevaba en la mano para no desequilibrarlo y descendí por una escotilla a la bode-ga. Mis compañeros se metieron en el agua y, haciendo una cadena, fueron pasándome el lastre, que fui colocando al fon-do de la quilla en la proa y la popa de la barca. Cuando vimos que era suficiente —se requirió cerca de una tonelada—, cu-brimos la bodega con tablones que clavamos a la parte nueva de la estructura. Además, entre estos tablones y las vigas de la cubierta colocamos a intervalos regulares unas piezas de madera perpendiculares para evitar que el lastre se moviera (más tarde se verá hasta qué punto era indispensable tomar esta precaución). Una vez lastrada, la barca se hundió unos dos pies y medio en el agua: ya no se veía nada del antiguo bote, que quedaba completamente sumergido; los nuevos flancos sólo eran visibles por encima de la línea de flotación, que sobrepasaban en unos cuarenta centímetros.

Ese día dejamos la embarcación amarrada a los restos de la goleta por el lado más próximo a la costa, de modo que quedara un poco protegida de la marejada; pero al día siguiente aprovechamos el viento fuerte del este para ponerla a prueba cruzando la bahía. La prueba fue absolutamente satisfactoria: nuestra barca era un velero magnífico. Luego nos ocupamos activamente de la caza para abastecernos de una provisión de carne de león marino y estar listos para partir tan pronto como el viento, que seguía soplando del este, soplase del sur. El cambio no tardó en producirse.

El 19 de julio empezó a soplar un viento del suroeste; estaba despejado y hacía frío (era pleno invierno): había llegado la hora de zarpar. Íbamos a separarnos de dos de nuestros compañeros, George y Harry, que desde hacía diecinueve meses habían compartido día a día nuestras luchas y sufrimientos y con quienes habíamos vivido como hermanos. Estábamos inmensamente conmovidos. Reunidos los cinco por última vez en la cabaña, rezamos juntos: imploramos a Dios que socorriera a quienes íbamos a echarnos a un mar tempestuoso en una frágil barquilla y a quienes permanecerían en aquel peñasco, en adelante solos frente a la miseria y los sufrimientos. Pocos instantes después nos abrazábamos en la playa y Musgrave, Alick y yo izábamos la vela.

XXI

LA TORMENTA Y EL HAMBRE — ¡TIERRA A LA VISTA! — EL DESEMBARCO EN PUERTO ADVENTURE — EL VIAJE A INVERCARGILL

Hacia las once de la mañana navegábamos entre los dos promontorios que forman la entrada del puerto de Carnley. En cuanto cruzamos, un viento frío y cortante que procedía directamente de los glaciares del polo hinchó la vela de nuestra barca, que se echó a volar como una gaviota sobre las grandes olas del Pacífico. Bordeando la costa, llegamos al norte del archipiélago a las tres del mediodía y dejamos atrás sin accidentes la línea de arrecifes que en este lugar forma una barrera muy peligrosa de atravesar. Más allá de este punto, teniendo en cuenta las corrientes que en aquellos mares tendían a empujar las embarcaciones hacia el este, pusimos rumbo al nornoroeste, pese a que Nueva Zelanda estaba situada directamente al norte de nuestra posición en aquel momento.

Avanzábamos a una velocidad de seis nudos por hora. Hacía buen viento; sabíamos que en aquella estación inevitablemente terminaría arreciando, pero confiábamos en llegar antes a nuestro destino. La distancia que teníamos que recorrer era de trescientas millas (cien leguas); con buen viento debíamos lograr recorrerlas en cincuenta horas, sesenta a lo sumo. Nuestra barca, demasiado pequeña y frágil para realizar semejante viaje, estaba resultando muy valerosa. La habíamos bautizado *Salvación*, y parecía decidida a hacer honor a su nombre. Por las juntas entraba un poco más de agua de la que habría sido deseable, lo cual obligaba a uno de nosotros a usar la bomba casi continuamente mientras los otros dos estaban ocupados llevando el timón y maniobrando, pero por lo demás nuestra barquita daba prueba de cualidades que nos hacían confiar en ella.

Desgraciadamente el tiempo se estropeó al atardecer: el viento arreció y muy pronto cobró las proporciones de un huracán. La superficie del mar se erizó de olas inmensas que nos alzaban sobre sus altos lomos y luego, deslizándose bajo nuestro casco, nos lanzaban a sus agitados abismos. Nuestra travesía se había convertido en una sucesión de vertiginosos ascensos y descensos. Aunque todos éramos marineros, padecimos los estragos del mal de mar: ese mareo insoportable que asola el cuerpo entero y consume todas las fuerzas. Nos fue imposible pensar siquiera en probar bocado: nos limitamos a tomar unos pocos tragos de agua. Cuando llegó la noche las ráfagas, cada vez más fuertes, trajeron consigo una lluvia de granizo y nieve que agravó nuestra situación. Tuvimos que recoger aún más la vela en la que ya habíamos tomado dos rizos.

El día siguiente no fue mejor. Sin embargo, después de treinta horas de ayuno, decidimos comer un poco. Por desgracia, los pedazos de león marino que habíamos asado desde hacía días y que llevábamos en unos sacos de tela se habían mojado y estropeado de tal modo que nos fue imposible probar bocado: tuvimos que echarlos al agua. Hacia las seis de la tarde era noche cerrada y el mar estaba tan embravecido que nos resultaba imposible continuar avanzando viento en popa. Las olas, que a esas alturas eran monstruosas, rompían ensordecedoras a nuestro alrededor, salpicándonos con su espuma fosforescente; tuvimos que capear para recibirlas en la medida de lo posible en la proa de la embarcación, que de otro modo habría podido partirse. No hacía ni media hora que capeábamos el temporal cuando una ola se alzó de pronto por encima de nosotros, se desplomó sobre la barquita y la envolvió arrastrándola como un corcho, haciéndola girar varias veces sobre sí misma. Un triple grito de angustia se unió al rugido de las olas. Creímos que había llegado nuestra hora, y en efecto habríamos perecido si no hubiéramos ido atados en nuestros sacos de tela. Cuando la ola se alejó, el peso del lastre, que no se había movido, devolvió la quilla al fondo e hizo que la barquita recobrase su posición normal. Estábamos medio ahogados, pero enseguida, al vernos fuera del agua y respirando a pleno pulmón, nos repusimos.

El 21 hizo el mismo tiempo: la tormenta continuaba. Entre dos borrascas pudimos volver a izar la vela y avanzamos un trecho. La noche fue espantosa: entre las diez y las once fuimos arrastrados y sacudidos, como la noche anterior, por una ola, pero esta vez en dos ocasiones en el intervalo de media hora.

El cuarto día no puso fin a nuestro infortunio. No padecimos ningún nuevo accidente, pero nos hallábamos en un estado lamentable, calados de agua salada (cuya acción perniciosa se dejaba notar dolorosamente), ateridos, exhaustos (no habíamos pegado ojo ni un solo instante) y consumidos a causa de la falta de alimento (el agua que bebíamos tan sólo engañaba a nuestros estómagos). Pero tal vez el suplicio más cruel era escrutar incesantemente el horizonte al norte: clavábamos la vista con una ansiedad febril, esperando en todo momento avistar tierra firme, mas ante nosotros sólo veíamos el agitado océano extendiéndose hasta el infinito. A pesar de todo, yo no interrumpí la redacción de mi diario. Tenía algunas hojas de papel doblado en cuatro y un lápiz gastado. Durante el día, cuando la lluvia cesaba un rato, y por la noche, en la bodega, a la luz de una lámpara que se caía a menudo y se apagaba, anotaba mis impresiones, el estado del tiempo y la parte de la ruta que habíamos cubierto.

Por fin, la mañana del quinto día avistamos tierra. La isla Stewart, la menor y más meridional de las tres que componen el archipiélago de Nueva Zelanda, estaba a unas pocas millas, ante nosotros. Nos hallábamos en un estado tan deplorable y desesperado que apenas nos alcanzó para sentir una chispita de alegría, breve y huidiza como un relámpago. Por lo demás, el viento había cesado por completo, de modo que era imposible avanzar, y el mar, que seguía muy agitado, nos zarandeaba de un lado a otro. Teníamos los remos, pero ya no nos quedaban fuerzas para usarlos: estuvimos a punto de ser arrastrados a alta mar y perecer viendo el puerto a lo lejos.

Felizmente, hacia el atardecer se levantó un viento ligero del sur; muy pronto pudimos desplegar la vela y acercarnos a la costa, pero la oscuridad no nos permitió abordar y tuvimos que pasar aquella noche, la quinta, en el mar. Al amanecer, hicimos acopio de todas nuestras fuerzas para izar de nuevo la vela y a las once de la mañana entrábamos en puerto Adventure. Era el 24 de julio de 1865.

Al principio, a nuestro alrededor sólo veíamos playas desiertas, sin indicio de la presencia humana. Como la marejada entraba en el puerto y refluía con fuerza después de romper en la playa, nos vimos obligados a dar bordadas; avanzábamos lentamente y con muchísima dificultad. Teníamos las manos hinchadas y agrietadas por el doble efecto del agua salada y el frío, de modo que no podíamos sujetar las jarcias sin sentir unos dolores espantosos, y además estábamos demasiado extenuados para seguir maniobrando. Habrían bastado unas pocas horas más para que no pudiéramos hacer otra cosa que echarnos en la cubierta de la barca y aguardar la muerte.

Finalmente, a la vuelta de un cabo, vimos una ensenada a orillas de la cual había varias chozas y jardines. La visión que tanto habíamos anhelado logró arrancarnos un débil gemido de alegría. Era una escena realmente encantadora: el ideal de la vida tranquila y dichosa. En la playa, un hombre blanco paseaba junto a un perro terranova al que acariciaba de vez en cuando. En el umbral de una de las chozas, un grupo de maoríes (los nativos de Nueva Zelanda) hablaban y gesticulaban. Algunas mujeres morenas, seguidas de sus chiquillos, extendían sus redes en una empalizada para secarlas. De pronto, mientras contemplábamos arrobados aquella escena, el perro nos vio y se puso a ladrar. El hombre blanco volvió la cabeza hacia nosotros y, al ver nuestra barca y a los tres espectros que íbamos en ella, hizo un gesto de asombro. Se acercó a la orilla del mar, a la altura hacia la que nosotros nos dirigíamos;

los nativos, hombres, mujeres y niños, lo siguieron. Al cabo de pocos instantes llegamos a la orilla. Rodearon nuestra embarcación. Las fuerzas que nos habían permitido luchar febril y desesperadamente para alcanzar la costa nos abandonaron de golpe. Alick se desvaneció. Musgrave y yo a duras penas conseguimos murmurar respuestas a algunas de las preguntas que nos hacían. Nos ayudaron a desembarcar sujetándonos de los brazos, pues nuestras piernas se negaban a sostenernos. De ese modo consiguieron llevarnos a la casa del europeo, situada a unos cien metros de la orilla del mar. Avanzábamos en silencio, pero yo sentía una alegría inmensa y un profundo agradecimiento me inundaba el corazón.

Cuando llegamos a la casa atravesamos un jardincito en cuyo centro se encontraba la vivienda de nuestro anfitrión. Al fondo podía verse un gran redil con una empalizada junto a la cual crecían algunos frutales aún jóvenes; en el medio había un sembradío de legumbres, principalmente patatas. Todo en aquel lugar emanaba paz, comodidad, dicha. La mera visión de ese bienestar nos resultó reconfortante y nos resucitó.

Jamás olvidaré la excelente acogida que nos dieron en aquella casa. El señor Cross (mientras su mujer, con una calidez conmovedora, se ocupaba de calentar agua para que nos diéramos un baño), luego de preguntarnos sobre nuestras aventuras, se presentó ante nosotros con unas pocas palabras: nacido en Inglaterra y marinero, era el único blanco que vivía en puerto Adventure. Se había casado con una joven lugareña, dulce y afable, que ya le había dado tres hermosas criaturas. Después de casarse había dejado de navegar y se había establecido en aquel lugar, donde vivía feliz. En las épocas de la siembra y la cosecha se ocupaba de cultivar sus tierras; sus vecinos y amigos, los maoríes, cuando no tenían que atender sus propias tareas, lo ayudaban a cambio de pólvora, ron, tabaco u otros productos parecidos. Durante el resto del año, como tenía mucho tiempo libre y le gustaba aprovecharlo, salía a pescar. Poseía un pequeño cúter de unas quince o dieciséis toneladas de capacidad que había bautizado como *Flying Scud*, con el que salía a pescar unas ostras excelentes y diversos tipos de peces, muy abundantes en las costas de la isla Stewart. Luego iba a venderlos, junto con sus demás productos, a Invercargill, ciudad situada en la punta meridional de la isla central del archipiélago de Nueva Zelanda, al otro lado del estrecho de Faveaux, a unas cuarenta millas de puerto Adventure.

Después del baño pudimos vestirnos con las ropas secas y limpias que nos ofreció nuestro anfitrión para reemplazar los miserables harapos que llevábamos, empapados de agua del mar y endurecidos por la sal cristalizada; mientras tanto, la señora Cross nos preparaba una comida cuyo aroma nos abrió un apetito voraz. Al cabo de un rato nos sentábamos a una mesa en la que había servido chuletas de cerdo a la plancha, un plato de pescado, una montaña de patatas humeantes (cuya piel agrietada dejaba asomar la pulpa amarilla y harinosa) y pan, ¡pan calentito recién salido del horno! ¡Con cuánta avidez contemplábamos aquel festín! A mí me parecía que podría devorarlo todo, pero me equivocaba: nuestro estómago, debilitado tras el largo ayuno, muy pronto se sintió saciado, y a pesar de las calurosas exhortaciones de nuestra amable anfitriona tuvimos que conformarnos con unos pocos bocados tras los cuales nos invadió un sueño profundo, irresistible.

Sólo desperté después de veinticuatro horas. ¿Dónde me hallaba? A través de la dulce soñolencia en la que me deleité durante un rato, me sentía mecido como si me arrullaran las olas. Abrí los ojos y contemplé lo que me rodeaba: reconocí el interior de una habitación y pensé que seguía soñando. Mis compañeros aún dormían en unos colchones junto al mío: decididamente no estaba soñando. Mientras me incorporaba empecé a recordar, aún algo confusamente, y mientras buscaba una puerta por donde salir para averiguar dónde me hallaba mis compañeros despertaron, tan sorprendidos como yo de encontrarse en un lugar como aquél. Se levantaron aprisa y me acompañaron: aparecimos en la cubierta de un barco. Aquélla era la explicación del misterio: estábamos a bordo del *Flying Scud*, que, con todas las velas izadas, acababa de entrar en el estrecho de Faveaux. La *Salvación*, atada con un cable, seguía al cúter. Un joven maorí llevaba el timón y el señor Cross se paseaba a lo largo y ancho de la cubierta de la pequeña embarcación. En cuanto nos vio, vino a preguntarnos cómo nos encontrábamos. Le contesté que me sentía perfectamente, salvo por el hambre: me urgía más satisfacer el apetito que la curiosidad.

—Ya me lo imaginaba. Acompáñenme —nos dijo y nos invitó a descender a la cabina, donde enseguida desplegó en la mesa un montón de provisiones que su mujer había preparado para nosotros antes de que zarpáramos.

Tras aquella colación, a la que por fin pudimos rendir los merecidos honores (pese a tener que seguir moderándonos un poco), nos reunimos con nuestro anfitrión en la cubierta.

—Ahora les voy a explicar cómo han llegado ustedes hasta aquí, lo que, me imagino, debe de haberles sorprendido mucho —empezó diciendo—. Me pareció que, por su propio interés, tenía yo que conducirles a Invercargill, donde podrán recibir los cuidados médicos indispensables, de los que no disponemos en puerto Adventure. Además, allí podrán adoptar las medidas necesarias para rescatar a sus compañeros que siguen en las Auckland. Como yo tenía que acudir hoy a la ciudad, donde mis asuntos me retendrán varios días, decidí aprovechar el viaje; de no ser así no habría precipitado tanto la travesía. Les pido disculpas por no consultarlos, pero era absolutamente necesario que yo partiera de buena mañana para llegar a la desembocadura de New River en el momento de la marea alta, así que los transporté dormidos, con la ayuda de algunos indígenas, a bordo de mi cúter, lo cual por cierto no perturbó en absoluto su profundo sueño. (Aprovecho para informarles, dicho sea entre paréntesis, que daba gusto verles dormir: permítanme que los felicite.) Espero que mi buena intención les permita excusar el atrevimiento.

Le dimos las gracias a aquel hombre magnífico, que nos había tratado con demasiada bondad como para que pudiéramos sospechar que tenía prisa por desembarazarse de nosotros, y cuya decisión, por lo demás, coincidía perfectamente con nuestros deseos. Poco después el cúter había atravesado el estrecho de Faveaux y se disponía a entrar en New River. En la entrada había una línea de rompientes que indicaba un paso peligroso. Aunque la hora de pleamar había pasado hacía mucho rato, el señor Cross prefirió franquear el paso en vez de aguardar hasta el día siguiente y tomó el timón para dirigir él mismo las maniobras del cúter. De repente, el talón del *Flying Scud* se sacudió: había tocado la arena del fondo. En el mismo momento una ola que rompía lo golpeó y estuvo a punto de hacerlo zozobrar. Por suerte el señor Cross era un buen marinero y antes de que la siguiente ola golpeara la embarcación había conseguido salvar el obstáculo. No tuvo la misma suerte nuestra pobre *Salvación*. El golpe quebró el cable que la unía al cúter y, llevada por la corriente, fue a estrellarse contra las rocas, donde las olas la destrozaron. Así vimos morir ante nuestros ojos, en unos pocos instantes, la obra que tanto esfuerzo nos había costado, y a la que debíamos nuestra salvación. A nadie sorprenderá, pues, que no pudiera yo asistir a aquel espectáculo sin derramar amargas lágrimas.

Proseguimos remontando el río Oreti y una hora más tarde llegamos al muelle de Invercargill.

XXII

MUSGRAVE REGRESA A LAS AUCKLAND
Y RESCATA A NUESTROS DOS COMPAÑEROS —
RELATO DE SU VIAJE — EL CADÁVER
DE PUERTO ROSS

Nuestra historia no tardó en difundirse por toda la ciudad y muchas personas vinieron a vernos y a darnos muestras de simpatía. Unos cuantos nos ofrecieron su hospitalidad. Aceptamos la del señor Collyer, uno de los notables de la ciudad, que hizo preparar para nosotros tres habitaciones en su casa. El doctor Innes también acudió a vernos, y sin aceptar otra remuneración que nuestro agradecimiento nos dispensó cuidados regulares. La enfermedad que yo había padecido al comienzo de nuestro viaje, y que habría podido costarme la vida en la isla Campbell, me había dejado las piernas un poco hinchadas. Desde entonces, y sobre todo durante los últimos meses de vida en las Auckland, los diversos trabajos que había tenido que realizar, particularmente los de la forja, me habían obligado a permanecer casi constantemente de pie, lo cual no había contribuido a que mejorasen; por último, los cinco días con sus noches que acabábamos de pasar en el barco, mojados, ateridos y forzados a una inmovilidad casi absoluta, habían agravado aún más el mal. Apenas podía dar unos pocos pasos apoyándome en un bastón. Musgrave y Alick, que eran de constitución más robusta que yo y habían resistido mejor, tan sólo necesitaban reposo para recuperar las fuerzas.

Un día después de nuestra llegada a Invercargill, Musgrave fue a ver a los representantes del gobierno de la provincia para presentarles, de acuerdo con la ley marítima, una declaración formal del naufragio del *Grafton*, y solicitarles, al mismo tiempo, que dispusieran cuanto antes el rescate de los dos compañeros que permanecían en las Auckland. No teníamos la menor duda de que aquel trámite tendría éxito, pero nos equivocábamos: las autoridades rechazaron tomar en consideración la petición de Musgrave. Le respondieron que en aquel momento el gobierno no estaba en condiciones de enviar un navío y que tan pronto como pudieran hacerlo nos avisarían. ¡Sería demasiado tarde! Durante la espera nuestros desdichados camaradas tal vez padecerían los tormentos del hambre; estarían contando los días, las horas, y quizá sucumbirían a la desesperación. ¡Más tarde sería demasiado tarde! Entonces, uno de los notables de la ciudad, el señor MacPherson, de origen escocés, seguro de que sus generosos sentimientos conmoverían los corazones de sus conciudadanos, organizó un *meeting* en el que se emprendió inmediatamente una recolecta. Al día siguiente habíamos reunido una suma suficiente para cubrir los gastos de una expedición a las Auckland.

Desdichadamente, en aquel momento los únicos navíos disponibles que había en el puerto eran el *Flying Scud* y algunos otros cúters de pescadores, menos grandes y menos adecuados que éste. Se esperaba la llegada de varias goletas, pero cuando arribaran habría que aguardar a que descargasen antes de emprender una nueva travesía… ¿Cómo aceptar aquellos retrasos? De modo que el comité elegido en el *meeting*, después de una deliberación en la que se nos invitó a participar, decidió que el *Flying Scud* se preparase para zarpar. Ciertamente, dado su poco tonelaje parecía frágil para la mar gruesa que nos separaba de las Auckland, pero era un velero sólido y poseía excelentes cualidades. Poco después ya estaba aprovisionado para dos meses, no sólo con víveres, sino con mantas de lana, medicamentos y todo lo que se consideró necesario.

El señor Cross era un marinero experimentado, capaz de maniobrar perfectamente su cúter y salir de apuros siempre que tuviera la costa a la vista, pero era incapaz —él fue el primero en admitirlo— de navegar en alta mar. Era absolutamente necesario, pues, que lo acompañara un oficial experimentado. Esto supuso una dificultad mayor: no había nadie que pudiera ocupar aquel cargo. No había nadie, salvo Musgrave, que demostró, en circunstancias como aquéllas, un coraje y un sacrificio del que pocos hombres serían capaces: apenas repuesto de sus fatigas, y aún recuperándose de un absceso en el brazo que acababan de curarle, se ofreció a pilotar la pequeña embarcación para ir a rescatar a los dos pobres cautivos. Obedeciendo a un sentimiento de humanidad, aquel noble corazón supo apaciguar el deseo ardiente que lo apremiaba a reunirse con su familia y, cuando acababa de escapar del abrazo de la muerte, se ofreció a afrontarla de nuevo por cumplir lo que el consideraba un deber sagrado. Cualquier palabra que no sea *heroísmo* sería indigna para calificar un acto como el suyo, y para mí es un honor y una inmensa alegría tener ocasión de emplearla en estas páginas. Cinco días después de nuestro desembarco, estreché la mano de mi amigo y, conmovido de tal modo que apenas pude ocultarlo, lo vi partir una vez más hacia las Auckland en el pequeño *Flying Scud*, entre las ovaciones de la multitud entusiasta que lo había acompañado y que atestaba la orilla.

Pasaron como un suspiro dos, tres semanas. A partir de entonces, apoyándome en Alick, que me ofrecía su brazo, y en mi bastón, iba cada día a pasar la mayor parte de la jornada en el muelle, donde, con la ayuda de un catalejo, examinábamos cada puntito blanco que aparecía en el horizonte con la esperanza de ver el *Flying Scud*, y cada día regresábamos más tristes a casa de nuestro anfitrión, el señor Collyer. Así pasó un mes, luego otra quincena y otra semana más. Aquel increíble retraso nos inspiró las mayores inquietudes. Había estado haciendo un tiempo espantoso: ¿se habría cebado la lluvia y el mar con la pequeña embarcación y con nuestros valientes amigos? Los habitantes de Invercargill compartían nuestra sozobra; quienes más interés se habían tomado en aquel asunto lamentaban amargamente haber dejado a Musgrave obedecer a su generoso impulso. Muchos hablaban ya de organizar una segunda expedición encargada de averiguar la suerte de la primera. Habían empezado a adoptarse las medidas necesarias cuando una mañana el semáforo situado en un acantilado, en la entrada de New River, señaló la aparición de un cúter que se acercaba... ¡era el *Flying Scud*! La buena noticia se difundió por la ciudad. A la tristeza que abrumaba a todas las almas le sucedió una alegría universal, y la multitud, como el día de la partida, se aglomeró en la playa para ver llegar el pequeño navío y festejar con sus vivas el regreso de nuestro valeroso amigo. ¡Allí estaba, desembarcando! ¡Y George y Harry lo acompañaban!

No, jamás olvidaré la inmensa alegría que sentimos al reunirnos de nuevo los cinco, sanos y salvos, en aquella tierra hospitalaria. Nos abrazábamos unos a otros, conmovidos, incapaces de pronunciar nada que no fuera «¡Estamos salvados! ¡Estamos salvados!». Quisieron aupar a Musgrave para festejarlo como a un vencedor, pero, puesto que era tan modesto como valiente, se opuso enérgicamente. Acompañados por un numeroso cortejo nos dirigimos a casa del señor Collyer. Allí, por la noche, se celebró una reunión a la que, además de la familia de nuestro anfitrión, el señor Cross, y nosotros cinco, se invitó a unas cuantas personas distinguidas de Invercargill. Estábamos impacientes por escuchar a Musgrave contarnos los detalles de su travesía; éste fue su relato:

—Como recordarán, partimos a toda vela gracias a la brisa favorable que soplaba de noroeste, pero poco después el viento empezó a soplar primero al oeste y luego al sur, de modo que nos era contrario. Nos vimos obligados a hacer escala en puerto Adventure, donde permanecimos retenidos más de ocho días.

»Finalmente pudimos levar el ancla y avanzamos rápidamente hasta acercarnos a las islas Snares, que ya distinguíamos en el horizonte, pero se formó una nueva borrasca y nos obligó a retroceder. A causa de una desviación de la brújula del *Flying Scud*, nos extraviamos: en el momento en que deberíamos haber estado llegando a isla Stewart nos encontrábamos a sesenta millas de distancia. Cuando el sol se asomó un instante tras una nube menos tupida logré establecer nuestra posición aproximada con el sextante; puse rumbo al este y nos refugiamos en la bahía de Paterson, un ancho manto de agua que forma un puerto en la costa oriental de la isla Stewart. Allí logré hacerme con una brújula, que tuvo la amabilidad de prestarme un tal señor Lawrie, escocés de origen, establecido en aquel lugar donde construye y vende barcas a los pescadores nativos de los alrededores. También conocí a un hombre interesante, Tobi, maorí a quien sus compatriotas consideran su rey y al que atribuyen la soberanía de las islas Stewart y Roebuck. Este nativo de piel curtida, delgado y musculoso, y a mi parecer también muy inteligente, me trató con enorme amabilidad. Normalmente vive en Roebuck, la más pequeña de las dos islas, porque le gusta frecuentar a los misioneros que desde hace algunos años han establecido allí una misión que consta de una rectoría, una capilla y una escuela. A pesar de tener cuarenta y cinco años, Tobi aprendió el inglés y lo habla muy bien. Comprendió la superioridad de aquellos europeos y supo ver que a él y a los suyos les convenía tratar con respeto y lograr que permaneciera allí aquel pequeño grupo de hombres pacíficos, virtuosos e instruidos en las artes y las ciencias, representantes de una civilización cuyo alcance se le escapa, pero ante la cual se inclina con una admiración ingenua.

»Durante los cinco días que estuvimos atracados en aquella bahía, retenidos por el mal tiempo, Tobi, a pesar de estar acostumbrado a vivir en medio de los bosques, buscaba nuestra compañía. Venía a menudo a visitarnos a bordo del cúter, o por la noche a casa del señor Lawrie. Nos escuchaba hablar sin perder detalle; en ocasiones intervenía en nuestras conversaciones y siempre me dejaba asombrado lo pertinentes que eran sus observaciones, que expresaba en un pintoresco inglés lleno de imágenes. Cuando supo cuál era el objetivo de mi viaje, me dio algunos consejos valiosos. Me contó que en otros tiempos había ido a las islas Snares a cazar focas y que en la costa oriental de la isla más grande existía una ensenada donde un navío pequeño como el nuestro encontraría, si hacía falta, un buen puerto. Si el mal tiempo nos sorprendía de nuevo, a mitad de camino dispondríamos de un puerto de refugio, lo cual nos evitaría tener que retroceder hasta la isla Stewart.

»Cuando el viento se apaciguó tuvimos que lidiar ora con la calma chicha, ora con vientos del sur. Por fin, el vigésimo día desde nuestra partida de Invercargill, el viento empezó a soplar del norte y nos permitió volar hacia las Auckland. Al cabo de dos días franqueábamos la línea de escollos que rodea el archipiélago al noreste y nos dirigíamos, siguiendo la costa, hacia el puerto de Carnley. Durante aquel trayecto, creímos ver una tenue nube de humo en la ladera de una montaña que dominaba los acantilados de la orilla. Por un momento temí que Harry y George hubieran abandonado la cabaña y se hubieran aventurado hasta allá, lo cual nos habría dificultado mucho encontrarlos. Pero probablemente nos equivocamos y, lo que tomamos por una humareda, debe de haber sido simplemente un retazo de niebla enganchado a alguna cresta de la montaña.

»Nuestra entrada en la bahía de Carnley fue una batalla encarnizada contra el viento: una auténtica lucha cuerpo a cuerpo que no duró menos de tres horas, que nos parecieron eternas. Fuertes ráfagas de un viento gélido, cargadas de granizo fino, nos azotaban los rostros. Pusimos el cúter a toda vela y el pequeño *Flying Scud* exhibió sus magníficas cualidades de velero. Cortaba el viento a una velocidad maravillosa. La proa hacía salpicar el agua, que nos cegaba. Estábamos todos en la cubierta, cada cual en su puesto; yo en la proa, listo para dar la orden de virar y empezar un nuevo bordo; el señor Cross al timón y los dos marineros que componían nuestra tripulación sujetaban las drizas, listos para recoger velas en el momento en que algún golpe de viento demasiado violento amenazara con partir el mástil, que se doblaba como un junco, o con escorar el cúter que, por momentos, estaba casi apoyado sobre un flanco. Finalmente, extenuados, alcanzamos la cala del prado; nos sentimos aliviados cuando pudimos echar el ancla en sus tranquilas aguas de la bahía.

»Al día siguiente por la mañana, la borrasca había amainado y fuimos a fondear a la bahía del Naufragio, frente al pecio del *Grafton*. Sólo después de haber sorteado el cabo Raynal vimos la cabaña. La chimenea echaba una pequeña humareda y aquel simple detalle nos liberó de todos nuestros temores: nuestros camaradas estaban vivos y no habían abandonado Epigwait. Lanzamos al mar el pequeño bote de nuestro cúter. El señor Cross y yo embarcamos en él y, tras unos cuantos golpes de remo, estuvimos en la orilla. Fue Harry quien nos vio primero. Alzó los brazos al cielo, lanzó un grito para llamar a su compañero y se desplomó en el suelo, desmayado. George salió de la cabaña, nos vio y corrió hacia nosotros. "¡Mi querido capitán, mi querido Musgrave —repetía—, estoy tan feliz!", y no me soltaba las manos. Tenía los ojos bañados en lágrimas. Evidentemente, se debatía íntimamente entre su corazón y su alegría, como si no supiera a cuál entregarse, ¿no es cierto George? Sin embargo, muy pronto este muchacho valiente se repuso y me ayudó a reavivar a Harry, cuyo desmayo persistía a pesar de que el señor Cross le rociaba agua dulce que había recogido del arroyo y traído en su sombrero de tela encerada. Nuestros esfuerzos fueron infructuosos durante un buen rato hasta que por fin el pobre Harry lanzó un suspiro, abrió los ojos y recobró la palabra. Siguió sintiéndose muy débil durante varios días a causa de aquella fuerte conmoción. Poco después ya estábamos a bordo del cúter, en ruta hacia la cala del prado, donde, una media hora más tarde, permanecíamos tranquilamente anclados.

»Les aseguro que fue un placer ver a nuestros dos pobres camaradas —que durante el trayecto ya habían podido cambiarse y llevaban ropas nuevas— dar cuenta de la galleta y las patatas que el cocinero del cúter había preparado para la colación de la noche. Cuando por fin se sintieron saciados, nos pusimos a charlar. Nos confesaron que estaban tan asombrados como felices de vernos de nuevo, que nos habían dado por perdidos: poco después de nuestra partida con la *Salvación* se había producido un vendaval terrible, pensaban que era imposible que no hubiéramos naufragado. En cuanto a ellos, una vez perdida toda esperanza de ser rescatados se habían sentido muy desdichados; jamás habían sufrido tanto; su alma, abrumada por el dolor, les sugería las resoluciones más extremas...»

Entonces, George se incorporó de pronto e interrumpió a Musgrave:

—¡No les está contando todo! —gritó el inglés, colorado como un tomate—. Nos peleamos y un día nos dimos de trompadas. Queríamos separarnos e ir a vivir cada uno por su lado. Pero fue por mi culpa, lo reconozco, y juro que me arrepiento muchísimo de lo que pasó.

—Ni hablar, eso no es verdad —replicó de inmediato Harry levantándose para ir a estrecharle la mano a su amigo—: yo me puse furioso, fui yo el que empezó.

El inglés afirmaba que era el único culpable y el portugués lo negaba e insistía en asumir la culpa; de pronto nos dimos cuenta de que aquellos dos chiquillos grandullones, a cual más generoso, estaban a punto de volver a pelearse por culpa del empeño de cada uno en demostrarnos que había sido el primero en enredarse. Nos echamos a reír y ellos, un poco confusos, volvieron a sentarse y dejaron proseguir a Musgrave:

—Apurados por volver a Invercargill —continuó—, levamos el ancla al día siguiente a pesar de que el tiempo no era precisamente favorable. Cuando estaba a punto de caer la noche, como el viento era más frío y el barómetro bajaba, nos pareció prudente hacer escala en puerto Ross o en la bahía de Sarah. No me disgustó tener ocasión de visitar aquella bahía: larga y estrecha, se dirige primero hacia el sur a lo largo de siete u ocho millas y luego gira bruscamente, en ángulo recto, hacia el oeste. En esta última parte, a la cual dio su nombre el capitán R. H. Laurie, fondeamos.

»Al día siguiente exploramos la costa y encontramos los restos de las instalaciones que había establecido diecisiete años atrás, y abandonado al cabo de dos años, el señor Enderby, de Londres. Junto al monte bajo, cerca de la playa, había unas cuantas chozas de madera destrozadas y a punto de desmoronarse por completo. Cada una de ellas estaba en el centro de un pequeño terreno rodeado de una cerca en ruinas que en tiempos debía de haber rodeado un jardín. Entre las plantas salvajes que habían invadido el suelo, reconocimos algunas hortícolas cuya semilla, supongo, debieron llevar antaño los colonos europeos. Aquellas pobres plantas, en un clima tan ingrato, habían degenerado por completo y vuelto al estado salvaje: eran duras, correosas e insípidas, y la suculenta pulpa se había convertido casi por completo en fibras leñosas. Recorriendo aquellas ruinas llegamos a una choza menos deteriorada que las demás, cuyo tejado parecía haberse derrumbado hacía muy poco. Pero en cuanto entramos en ella el espanto nos hizo retroceder: en una esquina de la estancia vimos el cadáver de un hombre que debía de haber muerto algunos meses atrás.

»Tras dominar aquel primer impulso de repugnancia, nos acercamos. El cuerpo de aquel desdichado estaba acostado en una cama de tablones, evidentemente procedentes del casco de un navío, que estaban apoyados sobre unos cuantos troncos y cubiertos de una capa de musgo que hacía las veces de colchón. Los brazos extendidos junto al cuerpo y los dedos de las manos estirados sugerían una muerte apacible y seguramente resignada. Una de las piernas colgaba un poco fuera de la cama y la otra estaba perfectamente estirada. El pie derecho estaba calzado con un zapato; el izquierdo, probablemente herido, envuelto con un vendaje. Las ropas eran las de un marinero; además, varias prendas, una de las cuales era un sobretodo de tela encerada, cubrían el cuerpo a modo de mantas. Cerca de la cama, por el suelo, vimos un montoncito de conchas de lapas, moluscos muy comunes que en la marea baja se encuentran pegados a las rocas, y al lado de éstas había dos botellas de cristal, una todavía llena de agua dulce y la otra vacía. Por último, en la cama misma, al alcance de una de las manos, encontramos una pizarra en la que había escritas algunas frases. El clavo que se había usado para escribir estaba encima. Intentamos descifrar aquellas frases, pero no lo logramos. El viento y las lluvias las habían borrado. Además, debían estar escritas con la mano trémula del moribundo. Sólo dos palabras resultaba algo legibles: una era el nombre de James, en la firma, y la otra, por la forma y por los palitos de las letras, parecía el apellido Right, pero no estamos seguros. He traído la pizarra para mostrársela.

»¿Qué hacía allí aquel cadáver? Sólo podemos hacer conjeturas. Supusimos que una embarcación había naufragado en puerto Ross o en los alrededores, eso no parecía dudoso. Tal vez toda la tripulación, salvo un hombre, se había ahogado: de ahí las prendas que el superviviente había recogido para echarse encima y protegerse del frío; o tal vez varios náufragos habían conseguido llegar hasta la orilla y, al no encontrar nada de qué alimentarse en puerto Ross, se habían adentrado en la isla: la humareda que habíamos percibido en la montaña podía ser un indicio de su presencia. Uno de ellos, que se había herido el pie, se habría quedado atrás, solo; se había instalado en una de las cabañas en la que el techo aún no se había hundido; incapaz de cazar leones marinos, se había alimentado durante algún tiempo de moluscos y finalmente había muerto de hambre.

Aquel pobre cuerpo abandonado nos inspiró una inmensa lástima. Naturalmente, nos poníamos en su lugar: fácilmente habríamos podido correr la misma suerte que aquel desdichado marinero. Quisimos darle sepultura y al día siguiente cavamos una fosa y lo enterramos allí. Tras pronunciar unas oraciones al pie de la tumba clavamos encima una cruz de madera. Luego hicimos varios montones de leña verde y les prendimos fuego con la esperanza de que el humo llamara la atención de los otros náufragos, si se encontraban en los alrededores; pero no obtuvimos ningún resultado. Pese a todo, no estoy convencido de que no haya nadie en la isla: no pudimos explorarla lo suficiente, y confieso que la duda me atormenta. La idea de que haya allí algunos pobres hombres sufriendo lo mismo que nosotros sufrimos me persigue en todo momento.

»Finalmente, cuando el viento empezó a soplar al sur, levamos el ancla y, en el cuadragésimo noveno día desde nuestra partida de Invercargill, zarandeados, como vieron ustedes, por una mar muy gruesa, entramos en New River.»

XXIII

PARTIDA DE INVERCARGILL — ESCALA EN PUERTO
CHALMERS — LA EXPLICACIÓN DEL MISTERIO
DE PUERTO ROSS — EL «INVERCAULD» —
MI REGRESO A FRANCIA

Al día siguiente de su retorno a Invercargill, Musgrave rindió un informe oficial al gobierno de la provincia, que esta vez consideró su deber enviar un navío para explorar las Auckland. Telegrafiaron inmediatamente a Otago la orden de equipar el barco de vapor *South land*, que se encontraba anclado en aquel puerto. Pero aquella expedición tardó tanto que, como se verá a continuación, se le adelantó otra que partió desde Melbourne.

De buena madrugada, Musgrave me llevó a bordo del *Flying Scud*; había algo, me dijo, que quería mostrarme: una sorpresa. Y en efecto me quedé asombrado y encantado al ver de nuevo el fuelle de la forja que había hecho en las Auckland, y que mi magnífico amigo había tenido la delicadeza de traerme: me había costado muchísimos esfuerzos, ¿y no había sido, en buena medida, el responsable de nuestra salvación? Lo bajamos a tierra y todos los habitantes de Invercargill acudieron a contemplarlo; jamás ningún fuelle había recibido tantos parabienes.

Yo sólo deseaba una cosa: regresar a mi país y ver a mi familia; descansar de tantas aventuras y fatigas junto a los míos. Justamente la goleta *Sword Fish*, que pertenecía al señor Mac-Pherson y estaba al mando el capitán Rapp, de origen holandés, acababa de desembarcar su carga y se preparaba para abandonar Invercargill y regresar a Melbourne. El señor Mac-Pherson tuvo la cortesía de ofrecernos pasaje en su navío; Alick, Harry y yo aceptamos de inmediato, mientras que George prefirió quedarse en Nueva Zelanda con la intención de visitar unos ricos yacimientos que acababan de descubrirse allí. En cuanto a Musgrave, optó por un barco de vapor que partía hacia Melbourne en el puerto de Bluff, cerca de New River, pues el capitán, un viejo amigo suyo, le pidió encarecidamente que embarcase con él.

De modo que yo partí con Harry y Alick a bordo del *Sword Fish*. La travesía, sobre todo al inicio, fue atroz como pocas. Habría debido durar quince días y se prolongó tres meses. Cuando salíamos del estrecho de Faveaux nos golpeó un fuerte viento del oeste que nos obligó a retroceder y a refugiarnos en puerto William, situado al norte de isla Stewart. Allí nos vimos obligados a permanecer ocho días. Cuando volvimos a largar las velas para regresar a alta mar tuvimos la misma suerte: hubo que volver a recular ante el huracán. Los marineros creían que la goleta estaba embrujada y comentaban que había que dar con el Jonás cuya presencia a bordo desencadenaba la tempestad para desembarazarse de él, no arrojándolo al mar, pero sí desembarcándolo en tierra. Nuestra tercera tentativa de salir del estrecho fue todavía más desastrosa: las fuertes olas destrozaron dos escotillas, inundaron la cabina e hicieron que la goleta escorara; habría zozobrado si yo no hubiera cortado a tiempo, con mi cuchillo, la escota de la vela mayor. Después de aquella tempestad no quedó más remedio que dirigirse a puerto Chalmers a reparar la embarcación, lo cual llevó más de un mes.

Hacia el final de mi estancia en aquel puerto tuve una sorpresa agradabilísima: un día vimos llegar a la rada la corbeta a vapor *Victoria*, y ¡Musgrave iba a bordo! Éstas son las circunstancias por las que viajaba en ella: más afortunado que nosotros, había llegado a Melbourne en ocho días. Después de haber podido abrazar a su mujer y a sus hijos —que, al saber que llegaba, habían viajado a Sídney para reunirse con él—, se apresuró a informar a los agentes del gobierno del descubrimiento del hombre muerto en puerto Ross y de la posible existencia de náufragos vivos en la isla. Las autoridades habían decidido enviar inmediatamente a las Auckland la corbeta colonial a vapor *Victoria*, comandada por el capitán Norman, de la marina inglesa. Las colonias de Nueva Gales del Sur y de Brisbane quisieron contribuir a aquella buena obra compartiendo los gastos de la expedición. La corbeta también debía visitar las islas Campbell, Antípodas y Bounty, para recoger a todos aquellos a los que algún desastre marítimo hubiera arrojado allí. Le propusieron a Musgrave que acompañara al capitán Norman como piloto. Como ya he dicho, su único medio para mantener a los suyos era el oficio de marinero; además, se sentía tan capacitado como el que más para desempeñar aquella útil misión, de modo que aceptó. Y así, ocho días después de desembarcar en Sídney y reencontrarse con los suyos, volvió a partir rumbo a las Auckland, pero esta vez en una embarcación de primera categoría, comandada por excelentes oficiales, maniobrada por una numerosa tripulación y con el doble de velamen, además del vapor, para afrontar los peligros de aquella travesía. Se tomaron tres semanas para explorar con la atención más minuciosa las tres islas del archipiélago y no descubrieron nada que indicara la presencia de náufragos en ninguna de ellas. La exploración de las islas Campbell, Bounty y Antípodas tampoco dio resultados. Entonces el capitán Norman puso rumbo a Melbourne, pero de camino se detuvo en puerto Chalmers para aprovisionarse de carbón.

Curiosamente, fui yo quien pude aclararle a Musgrave la misteriosa historia del cadáver de puerto Ross. Por azar acababa de descubrir la explicación. Dos días antes, la valija del correo postal había llegado de Inglaterra a Dunedin, la capital de la provincia de Otago, vecina de puerto Chalmers. Yo había conseguido un periódico inglés y, hojeándolo, reparé en un artículo titulado: «Relación del naufragio del *Invercauld* en las islas Auckland por el capitán Dalgarno». Leí aquel relato absolutamente emocionado. Lo resumo a continuación.

El *Invercauld* era una embarcación de mil cien toneladas con una tripulación de veinticinco hombres, incluido el capitán, el señor Dalgarno, y el segundo de a bordo. Había partido de Melbourne el 21 de febrero de 1864 rumbo a Valparaíso. El 3 de marzo a las dos de la madrugada, un golpe de viento lo arrojó contra los arrecifes que rodean la costa norte de la isla Auckland y lo hizo trizas. Diecisiete marineros, así como los dos oficiales, lograron alcanzar la costa; seis hombres fueron hallados muertos entre las rocas. Los náufragos, que escalaron el acantilado y descendieron por la vertiente opuesta, llegaron a la orilla de puerto Ross. Allí permanecieron varios días, pero al no hallar nada de comer, se dividieron en diversos grupos que se dispersaron por la isla. El capitán Dalgarno, que había permanecido en puerto Ross con su segundo y cuatro marineros, no volvió a ver a ninguno de los que partieron: supuso que habían muerto consumidos por la fatiga y el hambre. En cuanto a él y sus cinco compañeros, vivieron durante varios meses de moluscos y pescado y, cuando había suerte, de leones marinos. Dormían bajo los troncos de los árboles, como animales salvajes. Luego, con pieles de león marino secadas y ramas de árbol, se construyeron una piragua, cruzaron el estrecho y se establecieron en la isla Enderby, donde encontraron muchos conejos, sin duda importados antaño por los colonos, que les permitieron prolongar su existencia. Sin embargo, tres de los marineros sucumbieron y al capitán no le quedaron más que dos compañeros. Se habían construido una tienda de piel de foca, parecida a las de los esquimales. De vez en cuando atravesaban el estrecho con su piragua y regresaban a puerto Ross con la esperanza de encontrar allí leones de mar o descubrir algún rastro de sus camaradas desaparecidos. Así pasaron doce meses. Un día, por fin, un bergantín español que regresaba de China e iba a Chile entró en la bahía buscando abrigo. Los tres náufragos, extenuados y enfermos, fueron rescatados y conducidos a Valparaíso, desde donde el capitán Dalgarno regresó a Inglaterra.

No me costó mucho deducir de aquel relato que el desdichado James Right (aquél era ciertamente su nombre, como pude comprobar consultando los registros de la marina en

Melbourne) era uno de los hombres que se habían separado del capitán Dalgarno al poco de llegar a puerto Ross. Poco después de que éste partiera en el bergantín español, James Right habría regresado a la bahía esperando encontrarlos allí; probablemente había visto morir miserablemente a sus compañeros en cualquier rincón remoto de la isla. Herido en el pie, quizás a causa de alguna caída, incapaz de procurarse lo necesario para satisfacer sus necesidades y desesperado a causa de la soledad, se habría acostado esperando la muerte después de haber escrito su triste historia en la pizarra que encontraron junto a él.

Estos acontecimientos lamentables habían ocurrido entre el mes de marzo de 1864 y el mes de marzo de 1865. De modo que, ¡mientras nosotros estábamos en la costa de puerto de Carnley, otros náufragos se hallaban en la parte septentrional de la isla! A pesar de estar tan cerca unos de otros, nos ignoramos mutuamente, puesto que nos separaban montañas escarpadas, envueltas en brumas e infranqueables. Pero nosotros, que tanto habíamos lamentado nuestra suerte, comparados con aquellos desdichados habíamos tenido muy buena fortuna: los cinco habíamos podido sobrevivir y salvarnos, mientras que, de los diecinueve primeros sobrevivientes del *Invercauld*, dieciséis habían sucumbido a sus sufrimientos ¡y al cabo sólo tres habían conseguido salir con vida de la isla!

Al cabo de una semana, la *Victoria* volvió a zarpar y también nosotros dejamos puerto Chalmers a bordo del *Sword Fish*. Esta vez la travesía fue dichosa y rápida. Llegamos a Melbourne sólo unos días después que la corbeta. Como yo seguía estando débil y enfermo, tuve que quedarme allí para recibir cuidados. Volví a encontrarme a Musgrave, feliz en el seno de su familia. Tenía un trabajo en las oficinas de la Marina que le permitía llevar una vida tranquila cerca de los suyos. Tiempo después supe que, tras perder a su primogénito, que se ahogó en las aguas de la bahía, había abandonado Australia para reunirse con sus padres en América. Todos juntos se dedicaron a cultivar unas extensas tierras situadas cerca del nacimiento del río Missouri que adquirieron muchísimo valor gracias a la proximidad de una de esas ciudades nuevas que tan deprisa se desarrollan en aquel magnífico país.

Alick continuó navegando. Un mes después de nuestra llegada a Melbourne se embarcó como marinero en un paquebote inglés y partió a Liverpool. Harry fue a reunirse con uno de sus tíos, que se había establecido a unos trescientos kilómetros de Sídney, en el interior, para criar ovejas. Dijo adiós al mar, que, a decir verdad, no le había resultado muy auspicioso. De George no volví a tener noticias. Ignoro si permaneció en Nueva Zelanda y si tuvo suerte como buscador de oro, porque a eso había decidido dedicarse.

En cuanto a mí, tan pronto como recobré la salud y las fuerzas, abandoné Melbourne llevándome el mejor recuerdo de las muestras de hospitalidad que, durante mi estancia en la ciudad, me prodigaron sus habitantes. Como manifestaron el deseo de quedarse con mi fuelle, que había llevado conmigo, lo doné a la ciudad junto con un par de zapatos de piel de foca y algunas de las pequeñas herramientas que había fabricado en las Auckland. Aquellos modestos objetos obtuvieron reconocimiento: hoy figuran, a título de curiosidad, en el museo de Melbourne.

Cuando llegué a Sídney fui a ver a nuestros socios. No se trataba sólo de una cuestión personal, también era un acto de justicia. Les reproché con mucha severidad la cruel indiferencia con la que nos habían abandonado y su atroz olvido del juramento que nos habían hecho. Naturalmente, no dejaron de hacer valer sus excusas: les había resultado imposible, a causa de algunos negocios fallidos, organizar una segunda expedición; sus gestiones ante el comodoro Wiseman, que dirigía entonces la estación inglesa en aquellos mares, no habían tenido éxito. Comprobé que, efectivamente, se habían dirigido al comodoro, pero sólo al año y un mes de nuestra partida; les respondieron, con más lógica que humanidad, que ya era demasiado tarde para avisar y que debía de hacer tiempo que ya habíamos pasado a mejor vida.

Tuve que aguardar a que la estación fuera favorable para franquear el cabo de Hornos. Finalmente, el 6 de abril de 1867 partí de Sídney en el *John Masterman* rumbo a Londres, y el 22 de agosto, después de una buena travesía —demasiado buena para mi gusto y sobre todo demasiado larga—, entraba en el Támesis. Pocos días después, con el corazón palpitando de alegría, desembarcaba en Francia y volvía a pisar mi tierra natal: la había abandonado veinte años atrás.

CONTENIDO

Prólogo   7

Introducción   17

I. Objetivo de nuestra expedición – La goleta
   Grafton – La partida   29

II. Mis compañeros de viaje – Los embates del mar
    – Llegada a la isla Campbell   33

III. La inutilidad de nuestras pesquisas – Enfermo –
     Abandonamos la isla Campbell   41

IV. La aparición de las focas – Las islas Auckland –
    Una noche de angustia – El naufragio   47

V. Un momento de desesperación – Nuestro
   campamento – Un duelo entre leones de mar –
   Captura de uno de esos animales   56

VI. Las moscas azules – Los pájaros – Nuestro
    primer león marino asado – El proyecto de
    construir una vivienda – La oración en común   65

VII. Construcción de la estructura y de la chimenea
     de la cabaña – Visita al brazo oeste y a la isla
     Monumental   71

VIII. Finalización de la cabaña – Los diarios –
      Fabricación de jabón – En la cima de la montaña –
      Colocación de una señal – Los cormoranes –
      Los halcones   79

IX. La bahía de los patos – La masacre de los
inocentes – Nuestro mobiliario – Las normas
– Epigwait – La escuela nocturna – El ocio   90

X. Una muela de afilar – Los mapas – Una
tentación – Visita a la isla Ocho – El patriarca
de las focas   103

XI. Colocamos otra señal – George en peligro –
Por qué renuncié a la cerveza – Nuestros
loros – Perros en la isla   109

XII. Una noche al raso – Vuelta a Epigwait –
Comienzo a curtir las pieles de león marino   117

XIII. La nieve – Los leones de mar emigran –
La muerte de su majestad el rey Tom –
La aurora austral – Un terremoto   123

XIV. Excursión al brazo oeste – Descubrimiento
de un antiguo campamento – Los restos
del naufragio   129

XV. Penurias – El Puente – En el fondo del
precipicio –Bendiciones   135

XVI. La cumbre de la caverna – Nos sorprende la
niebla – Visita al puerto del centro –
Las grosellas – Una idea irrealizable   141

XVII. Mis experimentos como aprendiz de zapatero
– Conjeturas desesperantes – El retorno
del buen tiempo – Los estudios geográficos   147

XVIII. Proyecto de salvación – Confección de un
fuelle para la forja – Dedicación de cada cual
a la obra común – El yunque   153

XIX. La fabricación de las herramientas –
La adopción de un nuevo plan –
La barrena rota   160

XX. Conclusión de la barca y partida –
La separación   166

XXI. La tormenta y el hambre – ¡Tierra a la vista!
– El desembarco en puerto Adventure –
El viaje a Invercargill   172

XXII. Musgrave regresa a las Auckland y rescata
a nuestros dos compañeros – Relato de su
viaje – El cadáver de puerto Ross   180

XXIII. Partida de Invercargill – Escala en puerto
Chalmers – La explicación del misterio de
puerto Ross – El *Invercauld* – Mi regreso
a Francia   191

JUS

ABRIL
de 2017 de

EN EL MES

ESTA PRIMERA EDICIÓN
de «LOS NÁUFRAGOS DE
LAS AUCKLAND» DE
François Édouard
RAYNAL SE TERMINÓ DE

IMPRIMir

en la

ciudad de Barcelona,

ALIOS · VIDI · VENTOS · ALIASQVE · PROCELLAS